Das Buch

Den bestialischen Mord an der taubstummen Marie-Thérèse Bousquet kann sich in Viorne niemand erklären. Man findet Teile ihrer Leiche in Eisenbahnwaggons überall in Frankreich. Offensichtlich wurden sie von einem Viadukt auf die fahrenden Wagen geworfen. Nur der Kopf bleibt verschollen. Die Kriminalpolizei kommt in die kleine Stadt, besucht das örtliche Café, stellt Fragen, versucht dem Mörder auf die Spur zu kommen. Hauptleidtragende sind Claire und Pierre Lannes. Marie-Thérèse war die Kusine von Claire und hat dem Ehepaar den Haushalt geführt. Da plötzlich, obwohl noch keinerlei Verdacht auf sie fiel, gesteht Claire Lannes den Mord. Ein Motiv scheint sie nicht zu haben, und sie scheint auch keine Reue zu empfinden...

Die Autorin

Marguerite Duras wurde am 4. April 1914 in Giadiuh (Vietnam) geboren. 1932 kam sie nach Frankreich und studierte in Paris. Als Mitglied der Résistance wurde sie von den Nazis nach Deutschland deportiert. Nach dem Krieg arbeitete sie als Journalistin. Sie wurde weltberühmt durch die Filmnovelle ‘Hiroshima mon amour’. Einige der in deutscher Sprache erschienenen Werke: ‘Moderato cantabile’ (1959), ‘Die Pferdchen von Tarquinia’ (1960), ‘Hiroshima mon amour’ (1963), ‘Ganze Tage in den Bäumen’ (1964), ‘Die Verzückung der Lol V. Stein’ (1966), ‘Der Vize-Konsul’ (1967), ‘Die Krankheit Tod’, ‘Der Liebhaber’ (1985), ‘Der Schmerz’ (1986).

Marguerite Duras:
Die Englische Geliebte

Deutsch von Regula Wyss

Deutscher
Taschenbuch
Verlag

dtv

Für Jean Schuster

Ungekürzte Ausgabe
April 1987
Deutscher Taschenbuch Verlag GmbH & Co. KG,
München
Lizenzausgabe mit freundlicher Genehmigung des
Verlags Stroemfeld/Roter Stern, Basel

Titel der französischen Originalausgabe:
'L'Amante Anglaise'

ISBN 3-87877-214-9
Umschlaggestaltung: Celestino Piatti
Gesamtherstellung: C. H. Beck'sche Buchdruckerei,
Nördlingen
Printed in Germany · ISBN 3-423-10730-8

I

— Alles, was hier gesagt wird, wird auf Tonband aufgezeichnet. Ein Buch über das Verbrechen von Viorne beginnt zu entstehen.

Sie haben sich einverstanden erklärt zu erzählen, was sich in Viorne im Café Balto *ereignete, am Abend des vergangenen 13. April.*

— Ja.

— Wir haben hier die Kopie des Tonbandes, das ohne Ihr Wissen am Abend des 13. April im Balto *überspielt worden ist. Dieses Band gibt alle Gespräche, die an diesem Abend im* Balto *geführt wurden, genau wieder, aber es ist blind, und man sieht nichts durch das Gesagte. Sie sind es also, der das Buch in Bewegung setzen muß. Wenn der Abend vom 13. April, dank Ihrem Bericht, Form angenommen, seinen eigenen Raum gefunden haben wird, werden wir das Band seine Erinnerung vortragen und den Leser Sie vertreten lassen können in seiner Lektüre.*

— Und der Unterschied zwischen dem, was ich weiß und dem, was ich sagen werde, was machen Sie damit?

— Er verkörpert den Teil des Buches, den der Leser machen muß. Er existiert immer.

Würden Sie sich bitte vorstellen?

— Ich heiße Robert Lamy. Ich bin 47 Jahre alt. Vor acht

Jahren habe ich das Café *Balto* in Viorne übernommen.

— *Vor dem Abend des 13. April wußten Sie nicht mehr über dieses Verbrechen als irgendein anderer Einwohner von Viorne?*

— Nichts. Ich wußte, was man allgemein darüber wußte.

— *Bemühen Sie sich so zu tun, als ob die Zeitungen am Abend des 13. April ihr Erscheinen eingestellt hätten.*

— Und wenn es mir nicht immer gelingt zu vergessen, was ich jetzt weiß?

— *Sagen Sie es, wenn es geschieht.*

Zu Beginn nehmen wir den Aufruf der Polizei von Viorne an die Einwohner auf, damit sich der Leser des Buches bezüglich dieses Verbrechens in der Situation befindet, in der Sie am Abend des 13. April waren — dieser Aufruf wurde am frühen Abend zum dritten Mal an diesem Tag vom Dorfpolizisten auf dem Marktplatz verlesen:

"Wie man aus der Presse erfahren hat, sind an verschiedenen Orten in Frankreich in Güterwagen menschliche Überreste entdeckt worden.

Der gerichtsmedizinische Dienst der Polizei hat gestattet bekanntzugeben, daß diese verschiedenen Überreste zum gleichen Körper gehören. Bis auf den Kopf, der nicht aufgefunden wurde, ist der Körper in Paris rekonstruiert worden.

Die Überprüfung der Eisenbahnen hat zum Ergebnis geführt, daß die Züge, die diese Überreste transportierten, gleichgültig welchen Bestimmungsort sie hatten, alle einen gleichen Ort passierten, nämlich den Viadukt von Viorne. Wenn man davon ausgeht, daß sie irgendwo vom Geländer dieses Viaduktes in die Wagen geworfen wurden, ist es also wahrscheinlich, daß dieses Verbrechen in unserer Gemeinde begangen wurde.

Die Gemeindeverwaltung ist in Alarmbereitschaft und er-

sucht ihre Einwohner dringend, mit der Polizei gemeinsame Anstrengungen zu treffen, damit dieses Verbrechen so schnell wie möglich aufgeklärt werden kann.

Jedes Verschwinden einer Person weiblichen Geschlechts von mittlerer Größe und ziemlich kräftiger Statur im Alter zwischen 35 und 40 Jahren muß sofort der Polizei gemeldet werden."

— Ich kannte also Claire und Pierre Lannes, ebenso Alfonso Rignieri. Sie zählen zu meiner Stammkundschaft in Viorne, das sind ungefähr fünfzig Personen. Ich kannte auch Marie-Thérèse Bousquet, ihre Kusine. Sie kam gelegentlich in Begleitung von Pierre und von Claire ins Café, zum Apéritif, oder spätabends mit portugiesischen Arbeitern. Ich kannte sie natürlich weniger gut als die andern: sie war taubstumm, und das schränkte die Beziehung ein, die man mit ihr haben konnte.

Pierre und Claire Lannes kamen praktisch jeden Abend zu mir, zwischen acht und neun, nach dem Essen. Aber es kam auch vor, daß sie mehrere Tage nacheinander nicht kamen, nicht unbedingt, weil einer von ihnen krank war, sondern weil sie keine Lust hatten auszugehen, weil sie in schlechter Verfassung waren, weil sie müde waren.

Aus Zurückhaltung hatte ich mir angewöhnt, Pierre nicht zu fragen, warum ich sie am Vorabend oder an soundsovielen Tagen nicht gesehen hatte. Ich hatte bemerkt — oder es schien mir wenigstens so — daß Pierre es nicht mochte, wenn man ihn fragte, wo er geblieben sei, was er gemacht habe. Eine Frage der Diskretion, glaube ich.

Am 13. April also, als er kam, habe ich Pierre nicht gefragt, warum ich ihn seit fünf Tagen nicht mehr gesehen hatte.

Es war acht Uhr abends.

Der Dorfpolizist hatte gerade eben den Aufruf verlesen — zum dritten Mal an diesem Tag — da, auf dem Platz. Ich lachte wegen der Überprüfung der Eisenbahnen, ich sagte zu Alfonso, ich könnte nicht anders, als Pierre hereinkam. Er war allein. Das geschah noch ziemlich häufig, daß er ohne Claire kam, auf dem Heimweg vom Büro kam er direkt ins *Balto*. Wir begrüßten einander. Ich habe ihn sofort gefragt, ob er denn an diese Falle gedacht hätte, an die Überprüfung der Eisenbahnen. Er hat geantwortet, er sei nicht sicher.

Ich hatte den Eindruck, daß er müde aussah und daß seine Kleidung etwas ungepflegt war — er, der sonst immer so korrekt war. Er trug ein blaues Hemd, der Kragen war etwas schmutzig. Ich erinnere mich, das hat mich nachdenklich gemacht. Ich habe mir gesagt: na, was ist denn los?

Seit dem Verbrechen sind abends wenige Leute im *Balto*.

Wir waren fünf an diesem Abend: Alfonso, Pierre, ein Mann und ein Mädchen, die niemand je gesehen hatte — und ich. Der Mann las eine Zeitung. Er hatte eine dicke schwarze Mappe auf den Boden gestellt. Wir sahen ihn alle drei an. Er hatte das klassische Aussehen des Polizisten in Zivil, aber wir waren nicht ganz sicher, ob es die Polizei war, weil das Mädchen dabei war. Er schien uns nicht zuzuhören. Sie schon, sie hatte sogar gelächelt, als ich über die Überprüfung der Eisenbahnen gesprochen hatte.

Weil weder Alfonso noch Pierre so aussahen, als wollten sie mit mir darüber lachen, habe ich aufgehört, über die Überprüfung der Eisenbahnen zu reden.

Es war Pierre, der das Gespräch wieder auf das Verbrechen gebracht hat. Er hat mich gefragt, ob es meiner Meinung nach möglich sein werde, die Identität des Opfers festzustellen, wenn man bedenke, daß man den Kopf nicht gefunden habe. Ich habe gesagt, daß dies bestimmt schwierig sei aber trotzdem möglich, daß die Muttermale, die Mißbildungen, die Narben usw. blieben, daß niemand einer anderen Person völlig ähnlich sehe.

Es gab ein ziemlich langes Schweigen. Ob man wollte oder nicht, dachte man darüber nach, auf welche Frau in Viorne die Personenbeschreibung des Opfers paßte.

Während dieses Schweigens habe ich Claires Abwesenheit bemerkt.

Ich meine damit, daß mir diese Abwesenheit aufgefallen ist und ich eine Verbindung hergestellt habe zwischen ihr und dem bekümmerten Aussehen Pierres. Ich habe Pierre nicht nach ihr gefragt, aber ich hatte Zeit daran zu denken, daß vielleicht der Moment näherrückte, da er sich von ihr trennen mußte. Es war Alfonso — ganz so, als hätte er meinen Gedanken erraten —, der ihn danach fragte: "Ist Claire etwa krank?" Pierre sagte: "Sie hatte etwas zu tun zu Hause, sie wird kommen, nein, sie ist nicht krank, aber sie ist müde." Er fügte hinzu: sehr müde, aber es sei bestimmt nichts Schlimmes, vielleicht der Frühling.

Dann wurde das Gespräch wieder aufgenommen, immer noch über das Verbrechen.

Als ich mich über die Wut des Mörders über sein Opfer empörte, ich erinnere mich, da gab Alfonso etwas zu bedenken, was uns überraschte. Er sagte: "Vielleicht war es einfach zu schwer, den ganzen Körper zu tragen, und man hat es nicht anders machen können." Weder Pierre noch ich hatten daran gedacht. Pierre seinerseits sagte, daß diese drei Nächte in der Tat dem Mörder endlos vorgekommen sein müssen. Danach hat das Mädchen gesprochen. Es präzisierte, daß der Mörder neun Gänge zum Viadukt habe machen müssen während dieser drei Nächte, daß es mit dem Kopf zehn gewesen wären. Daß ganz Paris über die Überprüfung der Eisenbahnen spreche. Wir haben das Gespräch fortgesetzt. Ich habe gefragt, was man in Paris sonst noch meine. Sie sagte, man glaube, ein Verrückter habe diese Tat begangen, ein weiterer Verrückter vom Département Seine-et-Oise.

Da kam Claire.

Um ihre Schultern hat sie einen blauen Regenmantel gelegt, den sie trägt, wenn es regnet. Es ist schönes Wetter. In der einen Hand trägt sie einen kleinen Koffer, in der anderen eine schwarze Lacktasche.

Sie sieht die Fremden und geht sofort zu Alfonso hinüber. Wir sagen ihr Guten Tag. Sie grüßt uns. Aber ich sehe ihr an, daß sie nicht erfreut ist, daß Fremde da sind. Ich höre ein Rascheln der Zeitung, und ich sehe, daß der Fremde aufgehört hat zu lesen, daß er sie anblickt. Ich bemerke es, nichts weiter. Claires Aussehen erstaunte uns nicht mehr, aber ein Fremder mochte darüber beunruhigt sein.

—*Wie sieht sie aus?*

— Hart.

Pierre macht eine rasche Bewegung zu ihr hin, als möchte er sie verstecken. Er zeigt auf den Koffer. Was ist denn das? Sie sagt: "Ich fahre nach Cahors." Pierre beruhigt sich, er bemüht sich zu lächeln, er sagt, damit es alle hören: "Gerade wollte ich einige Tage Urlaub nehmen und dir vorschlagen, in den nächsten Tagen dorthin zu reisen."

Niemand glaubt es.

Sie antwortet nicht. Sie bleibt stehen, sprachlos, während einer Minute vielleicht. Dann setzt sie sich in die Nähe von Alfonso, an einen einzelnen Tisch.

Als ich zu Claire hinging, um sie zu bedienen, kam mir in den Sinn, daß sie alle drei aus Cahors waren, aber daß sie in den acht Jahren, seit ich sie kannte, niemals dorthin gefahren waren. Ich fragte sie: "Für wie lange fährst du?" Sie sagte: "Fünf Tage." Ich fragte weiter: "Wie lange bist du nicht mehr in Cahors gewesen?" Sie sagte: "Nie mehr." Gleich danach fragte sie, worüber wir vor ihrem Kommen geredet hätten, ob über das Verbrechen, und was wir dazu meinten. Alfonso antwortete ihr, daß wir tatsächlich über das Verbrechen gesprochen hätten, aber daß wir nichts Besonderes darüber gesagt hätten. Sie schien noch scheuer zu sein als gewöhnlich. Ich dachte, es sei wegen der Anwesenheit der Fremden.

— *Schien sie traurig, müde?*

— Das würde ich nicht sagen, nein.

Als wir weiterredeten, immer noch über das Verbrechen, klar, über die Anzahl der Züge, die über den Viadukt fahren jede Nacht, über die Gänge des Mörders, da wandte sie sich plötzlich zu Alfonso und fragte ihn: "Ist nie jemand nachts gesehen worden, beim Viadukt?" Alfonso antwortete: "Jedenfalls ist niemand es mitteilen gegangen." Da wendet sich Pierre zu Alfonso und schaut ihn lange an. Dann fragt er ihn: "Aber du, Alfonso, hast du wirklich niemanden gesehen, nachts beim Viadukt?"

Alfonso, in einer Anwandlung von Ungeduld, sagt nein, genug davon.

Von diesem Augenblick an breitet sich ein Unbehagen aus zwischen uns, das ist sicher, ich täusche mich nicht. Die

Hartnäckigkeit von Pierre und Claire, mit der sie wissen wollten, ob Alfonso den Mörder angetroffen hatte — vor allem in Gegenwart des Mannes, der da war — verbreitet Unbehagen.

Wir fahren fort, in diesem Unbehagen über das Verbrechen zu sprechen.

Wir reden über die Besuche der Polizei bei den Einwohnern. Sie sind am Vorabend bei Alfonso gewesen, bei mir an diesem Vormittag.

Claire will wissen, was die Polizei fragt, wenn sie kommt. Ich sage: sie verlangt die Ausweispapiere und daß man die Abwesenheit von Familienmitgliedern rechtfertigt, falls es welche gibt.

Alfonso sagt, daß eine Gruppe von Polizisten mit Hunden seit heute morgen den Kopf suche. Claire fragt: Wo? Im Wald, sagt Alfonso.

Danach, scheint mir, schweigt sie lange.

Die Männer sprechen noch immer über das Verbrechen. Wie lange genau, weiß ich nicht. Vielleicht eine halbe Stunde. Plötzlich ist es dunkel, als wir auf den Platz schauen.

Ich sage, daß mich die Polizei gebeten hat, das Café geöffnet zu halten, daß das in Viorne einen seltsamen Eindruck mache — ein Café, geöffnet bis Mitternacht in einem menschenleeren Dorf. Das Mädchen fragte, warum die Polizei das verlange. Ich sagte: "Wegen der alten Regel, die besagt, daß der Mörder immer an den Ort seines Verbrechens zurückkehrt. — Also warten wir auf ihn", sagte das Mädchen.

So in dieser Art haben wir geredet.

Ja, einmal haben Claire und Alfonso miteinander gesprochen — sehr wenig, zwei Sätze. Ich habe die Wörter gehört: Angst in Viorne, ausgesprochen von Alfonso. Alfonso hat gelächelt.

Einmal geht das Mädchen zu Claire und fragt sie: "Und Ihr Zug, Madame, wie steht es damit?" Claire fährt zusammen und fragt: "Welcher Zug?" Dann faßt sie sich sogleich wieder und sagt, daß der Zug nach Cahors — ich erinnere mich genau — in der Gare d'Austerlitz abfährt, morgens um sieben Uhr dreizehn.

Das Mädchen lacht. Wir auch, etwas gezwungen.

Das Mädchen insistiert, es sagt zu Claire, daß sie aber sehr früh reisefertig sei. Claire antwortet nicht. Das Mädchen fragt noch, ob Cahors eine schöne Stadt sei. Claire antwortet immer noch nicht.

Das Unbehagen wächst. Man überlegt sich, was reden.

Und da plötzlich steht der Mann auf. Er kommt zur Bar, sehr freundlich, er fragt uns, ob er uns zu einer Runde einladen dürfe. Ich mache eine spitze Bemerkung in der Art: Wenn Sie glauben, etwas aus uns rauszuholen, verlieren Sie Ihre Zeit und Ihr Geld. Natürlich nimmt er es mir nicht übel.

Wir trinken. Ich möchte gerne wissen, ob er wirklich von der Polizei ist. Ich frage: "Sind die Herrschaften aus dem Département Seine-et-Oise?" Das Mädchen sagt, es sei aus Paris, es sei gekommen, um den Ort des Verbrechens zu sehen, es habe diesen Herrn getroffen, der es zu einem Glas eingeladen habe. Er lächelt, und er macht eine geistreiche Bemerkung, über die niemand lachen muß. Er sagt: "Nein, aus der Seine."

Also wissen wir genau, mit wem wir es zu tun haben. Und trotzdem geht niemand weg. Wir sind da, wir warten. Sehr wahrscheinlich darauf, daß er uns etwas über das Verbrechen erzählt.

— *Claire sagt nichts?*

— Ah ja. Sie hat die Antwort des Polizisten nicht verstanden. Sie fragt Pierre: "Was hat er gesagt?" und Pierre antwortet ganz leise, aber ich habe es verstanden und der Polizist sicher auch, so groß was die Stille: "Er ist ein Flic."

Wir wissen es. Es widert uns an. Aber niemand geht weg. Wir sind da, warten.

Ich weiß nicht mehr, wo ich stehengeblieben bin.

— *Der Polizist lädt Sie zu einem Glas ein.*

— Ja. Claire, was macht sie? Warten Sie. Steht sie auf? Nein. Sie verstaut ihre schwarze Tasche und ihren Koffer unter ihrem Stuhl, und sie wartet — ein bißchen wie im Theater, verstehen Sie. Ja, ohne aufzustehen verschiebt sie ihren Stuhl, um die Bar vor sich zu sehen.

Wir fragen den Polizisten, was er über das Verbrechen denke. Er antwortet, seiner Meinung nach sei der Mörder aus Viorne. So fängt es an.

Wir ersinnen ein Verbrechen, er und wir. Dieses Verbrechen ist dasselbe, das eben in Viorne verübt worden ist. Wir merken es nicht. Er bringt uns zum Sprechen, wir sagen das, was er will, wir bilden das Verbrechen von Viorne nach, Punkt für Punkt. Wir merken es nicht.

Ich glaube, jetzt ist der Moment gekommen, um das Tonbandgerät einzuschalten.

— *Wir werden die Aufnahme einschalten in dem Moment, den Sie soeben erwähnt haben. Der Polizist sagt, der Mörder sei aus Viorne.*

— Wo war das Tonband?

— *In der Mappe auf dem Fußboden.*

— In welchem Moment fängt die Tonbandaufnahme an?

— *Als er mit seiner Arbeit begann, als Pierre hereinkam.*

— Jetzt erstaunt mich das nur noch halb so sehr. Er sprach laut und schnell.

— *Als es eingeschaltet war, hatte er nur die Zeit eines einzigen Bandes vor sich; eine Stunde vielleicht.*

Die beiden Tonbandgeräte werden gleichzeitig laufen. Das erste wird die Dialoge wiedergeben. Ich werde es stoppen, wenn Sie es für notwendig erachten, etwas zu sagen. Das zweite wird immer laufen. Es wird Dialoge und Kommentare aufnehmen.

Machen Sie den Leser darauf aufmerksam, wenn Claire spricht.

Dies ist der Moment, wo Sie stehengeblieben sind.

... Beruf?

— Er ist ein Flic.

— Richtig, was denken denn Sie?

— Daß der Mörder aus Viorne ist. Aus einem ganz einfachen Grund: er wäre sonst nicht drei Nächte nacheinander zum gleichen Viadukt gegangen. Wenn er drei verschiedene Viadukte gewählt hätte — und es gibt einige in der Gegend —, wäre es viel schwieriger gewesen, ihn zu finden: fast unmöglich.

— Es ist also jemand aus Viorne.

— Die Chancen stehen 1 zu 4, daß er von hier ist, ja.

— Also sind wir mit ihm eingeschlossen in Viorne.

— Gewiß, ja.

— Und das Opfer?

— Es muß in Viorne umgebracht worden sein: aus dem gleichen Grund, wegen der Nähe des Viaduktes. Wenn es anderswo umgebracht worden wäre, warum hätte man es hier in Viorne loswerden müssen? Nein, es ist jemand aus Viorne, der in Viorne gemordet hat und der den Ort nicht verlassen konnte, der nicht Mittel und Wege hatte, während dieser drei Nächte den Ort zu verlassen. Sehen Sie, wohin uns das führt?

— Also jemand, der kein Auto hatte?

— Genau.

— Auch kein Fahrrad? Nichts? Der nur seine Beine hatte?

— Richtig. Man kann sagen, die Persönlichkeit des Verbrechers zeichnet sich schon durch sein Verbrechen hindurch ab.

— Ich habe niemanden sagen hören, er hätte die Überprüfung der Eisenbahnen vorausgesehen.

— Ein Mörder, ein Professioneller, hätte daran gedacht. Also sehen Sie, wir wissen bereits, was der Verbrecher nicht ist:

zum Beispiel ein Killer.

— Aber diese Lösung, die Teile des Opfers auf neun verschiedene Züge zu werfen, setzt doch schon Überlegung voraus, eine gewisse Intelligenz?

— Wenn sie beabsichtigt war, gewiß, ja.

— Wer bleibt also noch, abgesehen von Berufsverbrechern?

— Es bleiben die, welche die Lösung mit den verschiedenen Zügen gefunden aber nicht weiter gedacht hätten. Und die, welche an nichts dachten, welche nichts ausrechneten, weder die Zeit noch die Anzahl Züge, und die rein zufällig jedes Mal auf einen anderen Zug stießen.

— Die Mehrheit der Leute Ihrer Meinung nach?

— Ja. Der Zufall hatte hier ebensoviele Chancen, sich nicht zu irren, wie die Berechnung.

— Was kann man sonst noch wissen?

— Das ist Claire.

— Daß es eine schwache Person war, körperlich meine ich. Eine starke hätte weniger Gänge gemacht, verstehen Sie.

— Auch das stimmt. Vielleicht einfach alt?

— Ja, oder schwach?

— Oder krank?

— Alles ist möglich. Man kann sogar

noch weiter gehen, wenn Sie das nicht langweilt...

— Nur zu. Im Gegenteil.

— Es ist auch möglich, daß wir es mit jemandem zu tun haben, der methodisch ist, gewissenhaft.

— Hat er gesagt religiös?

— Das ist Claire.

— Ja.

— Religiös vielleicht auch. Das ist vielleicht sogar das Wort, das am besten passen würde, sehen Sie. Wegen des Kopfes, den man nicht aufgefunden hat.

— Da verstehe ich Sie nicht.

— Wenn der Verbrecher den Kopf nicht mit dem Übrigen weggeworfen hat, könnte man zuerst meinen, es sei nur, um die Identifizierung zu verunmöglichen?

— Ja.

— Nun, wenn man es sich überlegt, scheint es komplexer zu sein.

— Angenommen, er fühlte sich sicher mit seinem Einfall, dann hätte er den Kopf wegwerfen müssen wie das Übrige? Ist es das?

— Das heißt, wenn wir vielmehr von seiner Aufregung ausgehen während dieser drei Nächte, der Zeit, die seine Gänge zum Viadukt dauerten, seiner Erschöpfung — ungeheuerlich, wenn man es bedenkt — seiner entsetzlichen Angst erwischt zu werden, bevor er damit fertig war, dann wundert man sich über seine Vorsicht. Hier ist eine Unbekannte im Verhalten des Verbrechers. Oder aber er denkt, daß er das perfekte Verbrechen begehen wird, in diesem Fall entstellt er den Kopf und wirft ihn weg wie das Übrige — oder er hat einen persönlichen Grund, einen moralischen möchte man meinen, weshalb er dem Kopf ein besonderes Los bestimmt. Er ist vielleicht gläubig, zum Beispiel, oder ist es gewesen.

— Sie gehen ziemlich weit, scheint mir.

— Glauben Sie?

— Ist es möglich, daß dies alles zusammenstürzt, wenn Sie es herausgefunden haben, daß Sie sich völlig geirrt haben?

— Sicher. Aber daß wir uns von A bis Z irren, das wäre trotzdem erstaunlich. Das ist sehr selten.

— Also hat sich alles hier abgespielt?

— Ja. Das Geheimnis ist mit Ihnen eingeschlossen.

— Meiner Meinung nach haben wir es mit etwas zu tun, was man ein spontanes Verbrechen nennen könnte. Erstaunt Sie das?

— Ja. Der Einfall mit dem Viadukt; selbst wenn er nicht sehr weit geht, mußte man schon vorher daran denken.

Warum? Warum vorher? Warum dächte man nicht erst gerade in dem Moment daran, da man über den Viadukt ginge mit seinem Paket — wenn man seit Stunden darüber nachdenkt, was man damit anfangen könnte? Sie sind es, der Zeitungsleser, der den Einfall mit den neun Zügen konstruiert. Wenn man darüber nachdenkt, kann er verschwinden, zum reinen Zufall werden.

— Warum sind Sie hier für den Zufall? Gegen die Vorsätzlichkeit?

— Weil hinter diesem Verbrechen ein Charakter steckt, zu dem Vorsicht kaum paßt.

— Ein Verrückter.

— Wo ist der Unterschied?

— Wieder sie. Man möchte meinen, sie sei in einem anderen Zimmer.

— Zwischen?

— Zwischen einem Verrückten und einem Normalen — im Falle eines Verbrechens. Sie meint: Wie kann man wissen, ob es ein Verrückter ist oder nicht?

— Der Unterschied beginnt nach dem Verbrechen. Man könnte sich sagen: Ein Verrückter hätte nicht die Geduld gehabt, diese Gänge zu machen. Ein Verrückter, ein wirklicher, hätte nicht diese ameisenhafte Regelmäßigkeit gehabt während dreier Nächte. Auf der anderen Seite hätte ein Verrückter den Kopf behalten können. Das ist geschehen.

— Ein Verrückter hätte vielleicht geredet, hätte er schon geredet?

— Nein, das ist nicht sicher.

— Hat der Verbrecher bei diesem Verbrechen eine Unvorsichtigkeit begangen Ihrer Meinung nach?

— Ja. Eine gibt es immer, bei allen Verbrechen. Mehr darf ich Ihnen nicht sagen.

— Ist es ein Verrückter oder nicht?

— Wieder sie. Ich hatte diese Frage vergessen.

— Ich weiß es nicht, Madame.

Wir wissen auch, daß die Frau, die ermordet worden ist, nicht schön gewesen sein soll, daß sie einen schwerfälligen Körperbau, breite, massige Schultern gehabt haben soll. Daß sie eine kräftige Frau war, irgendwie ... ungebildet.

— Eine Arbeiterin?

— Ja.

— Wenn man so von ihr sprechen hört, könnte man glauben, man wisse, um wen es geht, es ist blödsinnig ...

— Jede, wissen Sie.

— Daß sie nicht schön war, was schließen Sie daraus?

— Wenn man von einem Verbrechen aus Leidenschaft spricht, irrt man meiner Meinung nach.

— Ist bei der Gemeindeverwaltung

überhaupt keine Vermißtanzeige eingegangen?

— Keine. Wahrscheinlich wird es keine geben. Das wäre schon geschehen. Bedenken Sie, seit sieben Tagen schreibt die ganze Presse darüber, und nichts. Nein, ohne Zweifel handelt es sich um eine Person, die weder Familie noch Freunde hatte, die ihr so verbunden waren, daß sie sich beunruhigt hätten.

— Oder um eine alleinstehende Person?

— Alleinstehend wo? In einem Haus? In einem Haus, dann wäre die Hausmeisterin schon gekommen und hätte gesagt: Frau Soundso ist seit sieben Tagen nicht mehr gesehen worden.

— Also dann? Allein in einem Einfamilienhaus?

— Auch nicht. In einem Einfamilienhaus, dann wäre ein Nachbar gekommen und hätte gesagt: Frau Soundso hat seit sieben Tagen ihre Fensterläden geschlossen — oder Frau Soundso ist seit sieben Tagen nicht mehr gesehen worden, die Mülleimer stehen draußen usw.

— Welche Vorstellung ... Also, sie wohnte doch wohl irgendwo?

— Das auf jeden Fall ...

Kommen Sie nicht drauf?

— Sie ist getötet worden von den Leuten, mit denen sie zusammenwohnte?

— Genau. Die Chancen stehen 9 zu 10, daß es so ist. Nur auf diese Weise läßt sich das Schweigen um das Verschwinden erklären.

Oh, Sie werden Überraschungen erleben in Viorne. Ich spüre es schon. Ein Verbrechen, seine Eigentümlichkeit kann man von ferne erahnen.

— Und mit welcher Art Verbrechen haben wir es hier zu tun? Warum ist gemordet worden, Ihrer Ansicht nach, meine ich?

— Ich verstehe schon ... Meiner Ansicht nach, mir scheint, daß man hier den anderen getötet hat, als ob man sich selbst getötet hätte ... das ist der Tatbestand in vielen Verbrechen, wissen Sie ...

— Weil man sich verachtete, sich oder den andern?

— Nicht unbedingt ... vielleicht weil beide zusammen in einer gemeinsamen Situation waren, die zu festgelegt war und die schon zu lange dauerte, keine unglückliche Situation, nein, aber unveränderlich, ohne Ausweg, verstehen Sie.

— Niemand rührt sich. Wir stehen alle an der Bar außer Claire und Alfonso.

— Ist das eine unbegründete Behauptung?

— Das ist eine persönliche Meinung. In unserer Fachsprache sind sie nie unbegründet. Ich bin darauf gekommen, indem ich Nutzen, Leidenschaft als Voraussetzung ausschloß ...

— Es ist trotzdem außergewöhnlich, niemanden vor sich zu sehen...

— Hier wendet sich Pierre an Alfonso. Alfonso antwortet nicht.

— Wissen Sie, diese Verbrechen, die so außergewöhnlich schienen, von weitem, werden fast ... natürlich, wenn man auf die Wahrheit kommt. So sehr, daß man oft nicht sieht, wie der Verbrecher hätte verhindern können, sie zu begehen.

— Dieses Gemetzel trotz allem?

— Das ist eine Art von vielen, die Spuren zu verwischen. Der Abscheu hat die Leute blind gemacht, aber wenn die Person einmal tot ist, ob sie nun ganz ist oder zerstückelt ... Ich würde überdies sagen: man vergißt hier zu leicht die Qualen, die der Verbrecher ausgestanden haben muß.

— Nun gut, meine Herrschaften.

— Es ist noch früh, Alfonso ...

— Das ist Claire. Alfonso steht auf.

— Man kann alles verstehen.

— Ich bin ausdrücklich der Ansicht, keine Erklärungen. Gar nicht erst anfangen mit Erklärungen, wohin führt das sonst? Sie überhaupt nicht erörtern. Sich mit dem Beweis zufriedengeben. Und damit Punktum.

— Nein, Robert, ich glaube, daß es in jedem Fall besser ist, man versucht zu verstehen, sich in die Lage zu versetzen, so gut man kann, so weit man kann, man versucht, sich darin zu verlieren, wenn es sein muß, aber immer zu bedenken ...

— Verstehen, Herr Lamy, das ist ein Glück, ein so großes und so wirkliches Glück, das man so natürlicherweise erstrebt, daß es eine Pflicht ist, es niemandem vorzuenthalten, weder der Öffentlichkeit, noch den Richtern, ja bisweilen nicht einmal den Verbrechern.

— Nein. Alles verstehen ist unmöglich. Deshalb, im gegebenen Moment ... halt ... Aufhören zu verstehen. Ansonsten, noch einmal, wohin führt das?

— Robert, ich versichere dir, du hast unrecht.

— Ich bin der gleichen Ansicht wie Pierre. Robert, Sie haben unrecht.

— Ich bin der gleichen Ansicht wie Herr Lamy.

— Robert, bitte ...

— Ich wollte nichts hören, so ist man manchmal, einfältig.

— Robert, du bist doch immer so großzügig, immer bereit, alles zu verstehen, warum sprichst du plötzlich so? Das tut mir leid, Robert.

— Eine Frage von Leben und Tod. In der Seine-et-Oise haben die Leute Angst. Was soll aus den Landstreichern werden, die Tag und Nacht unterwegs sind auf den Straßen der Seine-et-Oise?

— Robert?

— Was?

— Nichts.

— Ich verstand nicht, was Alfonso von mir wollte. Er setzt sich wieder und schweigt.

— Man ist niemals sicher vor einem Gedanken, der einen durchzuckt. Niemand kann sagen: das werde ich nie tun. Ich erinnere mich an ein Verbrechen: ein Landarbeiter aus der Gegend, anständig in jeder Hinsicht. Eines Abends las er Kartoffeln, und eine Frau ging vorbei. Er kannte sie schon sehr lange. Vielleicht begehrte er sie, liebte er sie, ohne es sich einzugestehen. Sie weigerte sich, ihm in den Wald zu folgen. Er tötete sie. — Also dieses Verbrechen, soll man es bestrafen wie jedes andere?

— Pierre hat sich Alfonso zugewandt.

— Was sagte man?

— Man berücksichtigte, daß dieser Mann einen Anfall von Wahnsinn gehabt hatte. Er bekam nicht viel. Zehn Jahre glaube ich.

— Im Grunde genommen ist das Motiv

der meisten Verbrechen vielleicht nicht mehr und nicht weniger als die Möglichkeit ...

— Hören Sie gut zu, jetzt fängt Pierre an ...

... in der wir uns befinden, sie zu begehen. Stellen Sie sich vor, daß man beispielsweise Tag und Nacht in der Nähe einer ... Höllenmaschine ... lebt, daß man nur auf einen Knopf zu drücken braucht, damit sie losgeht. Eines schönen Tages macht man es. Man lebt mit jemand zusammen während Jahren, und dann eines Abends kommt einem der Gedanke. Man sagt sich vielleicht zuerst, daß man es tun könnte, wenn man auf den Gedanken komme — ohne im geringsten die Absicht zu haben, es zu tun — ganz klar. Dann nachher sagt man sich, daß es ein anderer tun könnte, ein anderer, der Gründe hätte, es zu tun. Und dann noch später sagt man sich, daß man immer Gründe hat, es zu tun, immer, und daß ein anderer, weniger ...

— ... schwacher?

— Von Zeit zu Zeit fällt es Pierre ein, eine Rede zu halten. Ich denke, daß er dem Polizisten sein Wissen vorführen will.

— ... schwach ist zweifellos das Wort: ein anderer, weniger schwacher würde es tun. So ist es, so fängt es an. Und dann kommt der Gedanke je länger je öfter wieder, und dann eines Tages ist er da, bleibt er da. Er wächst, er wächst, er füllt das ganze

Haus, man stößt mit ihm zusammen. Und dann ist es soweit.

— Was erzählt er?

— Claire. Sie wendet sich an Alfonso.

— Dummheiten.

— Und dann eines Tages tut man es. Und dann ist es soweit. Danach, das ist eine andere Geschichte.

— Warum redest du solches Zeug, Pierre?

— Alfonso lacht, scheint mir.

— Ich rede solches Zeug, weil ich einen Einfall habe. Weil dieser Herr den gleichen Einfall hat. Du auch. Und weil ich Lust habe, es zu sagen.

— Ich bitte Sie.

— Nein, nicht euch, lieber würde ich krepieren.

— Ich komme hinter der Bar hervor, ich gehe auf Pierre zu. Wir alle sind geworden wie Polizisten. Ich will, daß er sagt, was er denkt und daß er den Einfall des Polizisten verrät.

— Ich werde Ihnen sagen, was er meint. Er glaubt, das Verbrechen, von dem Sie eben erzählt haben — der Landarbeiter, der diese Frau umbringt — das sei in Viorne geschehen.

— Pierre antwortet nicht. Ich frage weiter.

— Und deswegen kommst du nicht mehr seit einer Woche?

— Nein, nicht deswegen.

— Wir warten. Pierre sagt nichts mehr. Der Polizist fängt von neuem an.

— Sie denken, daß Alfonso weiß, wer das Ding gedreht hat und daß er es nicht sagt. Das denken Sie.

— Ja, das denke ich.

— Wir wenden uns alle Alfonso zu. Claire steht auf. Er, Alfonso, rührt sich nicht.

— Sag mal, bist du verrückt? Sag mal, Pierre, was fällt dir ein?

— Entschuldige, Robert.

— Warum hast du diese Meinung?

— Ich lese zu viele Zeitungen, Robert. Ich hatte den Eindruck, daß Alfonso etwas verschwieg, und plötzlich konnte ich es nicht mehr ertragen.

— Kommst du deshalb nicht mehr?

— Nein, nicht deshalb.

— Warum denn?

— Das geht euch nichts an.

— Alfonso steht auf, er geht auf Pierre zu. Ich habe ihn noch nie wütend gesehen.

— Angenommen, daß ich eine Meinung über das Verbrechen hätte, Pierre, willst du, daß ich sie ihm erzähle? Aber was fällt dir eigentlich ein?

— Antworte auf meine Frage, Pierre.

— Plötzlich hatte ich Lust, es zu wissen. Es war stärker als ich.

— Erlauben Sie mir, daß ich noch eine Runde bezahle? Los, Robert.

— Sie bezahlen die Rechnungen bestimmt nicht oft. Wir sagen nicht nein, wissen Sie.

— Lassen Sie es gut sein, wir denken nicht mehr daran.

— Pierre war niedergeschlagen. Alfonso beruhigte sich. Er kam zu Pierre hin, er legte ihm die Hand auf die Schulter. Claire rührte sich nicht, sie stand da, schaute sie an.

— Alle wissen, daß du niemals schläfst, daß du im Wald spazierengehst. Verstehst du, du kennst alle, du lebst im Wald, und ich, man wird mir nicht ausreden, daß sich das im Wald ereignete. Also sagte ich mir, du müßtest wenigstens eine Vorstellung haben. Und außerdem spielte der Charme des Polizisten.

— Genug, Pierre.

— Ja.

— Alfonso hat nicht gesagt, daß Pierre sich täuschte.

— Wir schauen Alfonso wieder an.

— *Claire rührt sich nicht?*

— Es scheint mir, doch, aber sie bewegt sich bereits auf den Polizisten zu.

— Ich habe alles erfunden. Lassen Sie ihn in Ruhe.

— Aber ich habe nicht die Absicht, Alfonso auszufragen. Machen Sie sich keine Sorgen. Es war nur eine Bemerkung.

— Geh nach Hause, Alfonso.

— Nein.

— Und Pierre fing wieder an.

— Du kannst trotz allem etwas sagen?

— Sie werden es ganz alleine herausfinden, sie haben mich nicht nötig. Nicht wahr, mein Herr?

— Wenn Sie das sagen, Alfonso, dann weil Sie so gut wie ich wissen, daß das Verbrechen in Viorne begangen wurde?

— In der Nacht vom 7. auf den 8. April?

— Und eben im Wald, in Ihrer Nähe, fünfzig Meter vom Viadukt entfernt, oben auf der Böschung?

— Alfonso antwortet nicht. Er lacht. Es gibt ein langes Schweigen. Dann antwortet Alfonso.

— Es stimmt. Es geschah im Wald, fünfzig Meter vom Viadukt entfernt. Ich hörte die Schläge.

— Claire rührt sich. Sie geht vorwärts, sehr nahe zum Polizisten hin. Wir hatten sie vergessen.

— Es geschah nicht im Wald.

— Genug mit dieser Geschichte. Entweder redet man, oder man schweigt. Man beginnt nicht zu reden, um dann zu schweigen. Genug, oder ich schließe.

— Was erzählst du, Claire? Claire?

— Es geschah nicht im Wald.

— Beachten Sie nicht, was sie sagt, sie ist im Begriff völlig verrückt zu werden, dieses Mal ist es sicher, Sie können es ja nicht wissen, aber ich, ihr Mann, ich sage Ihnen, daß...

— Was wollten Sie mir sagen, Madame?

— Pierre packt Claire, er stößt sie weit vom Polizisten weg, sie kommt zum Polizisten zurück. Der Polizist ist sehr ruhig, lächelt.

— Sie hatten die Absicht, etwas zu sagen, Madame?

— Ja.

— Da mischt sich das Mädchen ein, jetzt ist sie an der Reihe.

— Was diese Dame zu sagen hat, ist sehr schwierig, nicht wahr, Madame?

— Sie wollten über Ihre Kusine Marie-Thérèse Bousquet sprechen, nicht wahr, Madame?

— Das war offensichtlich, niederschmetternd.

— Aber wie?

Kannten Sie sie?
Aber ... wie ...?
— Wir kennen jeden.

— Aber Marie-Thérèse Bousquet ist abgereist, was fällt Ihnen ein?

— Pierre, ich schließe!

— Wir haben viel Zeit, nicht wahr, Madame?

— Ich sage dir, ich schließe, Pierre!

— Aber nein, Sie werden nicht schließen. Kommen sie hierher, Madame, kommen Sie mit mir.

— Pierre, Pierre, ich schließe!

— Alfonso sagte nichts. Er schaute Claire an.

— Aber was fällt Ihnen ein? Marie-Thérèse Bousquet ist nach Cahors gereist, sie sagt es Ihnen gleich, Claire!

— Wie ist Marie-Thérèse gereist, Madame?

— Sie wird Ihnen nicht antworten, sie antwortet nie, wenn man sie ausfragt, lassen Sie sie nur sprechen. Claire!

Sehen Sie, sie wird Ihnen nicht mehr antworten. Und inwiefern kann Sie das auch interessieren? Ich stelle mir vor, daß Marie-Thérèse ihren Koffer gepackt hat und daß sie im Bus bis zur Gare d'Austerlitz gefahren ist. Ein Gedanke, den sie eines schönen Morgens hatte, das ist alles, das ist alles ...

— Sahen Sie, wie sie abreiste?

— Pierre, niemand wußte, daß sie abgereist war, verstehst du, also ist man überrascht, aber du, sahst du sie abreisen ...? sag es ... Ich sagte mir gerade nur: sieh mal an, Marie-Thérèse ist nicht mehr da ...

— Pierre ... sag es.

Wissen Sie, sie wird zurückkommen

von Cahors. Nicht wahr, Claire? Sehen Sie, sie antwortet nicht, man muß sie kennen ... ah ... Aber sie erzählte mir ... sie verabschiedeten sich auf der Schwelle der Haustüre. Claire blieb da stehen, bis der Bus abfuhr. Claire, sag es!

— Alfonso! Alfonso!

— Alfonso!

— Alfonso will gehen. Claire ruft ihn zurück.

— Alfonso!

— Madame, ich bin für Sie da. Haben Sie keine Angst. Sagen Sie uns, was Sie uns zu sagen haben.

— Claire! Claire! ...

— Das ist Pierre, der sie am Sprechen hindern will.

— Claire!

— Und dann sagte niemand mehr etwas.

— Nicht im Wald wurde sie ermordet, Marie-Thérèse Bousquet, sondern in einem Keller, frühmorgens um vier.

— Wir wußten, daß es sich um Marie-Thérèse Bousquet handelte, aber wir wußten nicht, wer von Ihnen drei der Mörder war.

Die Teile des Körpers waren mit Kohle beschriftet: die Wörter Cahors und Alfonso. Die Presse durfte es nicht schreiben.

Madame, Sie werden mit uns kommen.

— *Erzählte Ihnen Pierre Lannes nie über seine Frau?*

— Nie, nein, niemandem glaube ich. Aber wir wußten es, Alfonso und ich.

— *Was?*

— Daß sie früher oder später den Verstand völlig verlieren würde und daß sich Pierre schließlich würde von ihr trennen müssen.

Im großen ganzen spielte sich alles so ab, als hätten wir sie dem Polizisten in die Arme getrieben.

— *Sagte sie nachher nichts mehr?*

— Nichts. Sie ließ sich abführen.

Sie war von diesem Mann fasziniert. Als sie redete — sie schaute ihn an — war es, als ob er ihr die Worte diktiert hätte, eines nach dem andern.

— *Sie sprechen ein wenig so wie jemand, der nicht ganz an Claires Geständnis glaubt?*

Wenn Sie es für gut befinden, müssen Sie nicht auf die Fragen antworten.

— Also antworte ich nicht.

— *Wenn Sie geglaubt hätten, sie sei schuldig, vorher, hätten Sie sie in Schutz genommen vor der Polizei, Sie, Robert Lamy?*

— Ich antworte nicht.

— *Wenn Alfonso geglaubt hätte, sie sei schuldig, denken*

Sie, daß er sie vor der Polizei in Schutz genommen hätte?

— Ja.

— Und Alfonso machte fast nichts, um sie zu beschützen an diesem Abend?

— Sie haben gehört, daß er einmal sagte, er gehe nach Hause und daß sie ihn zurückhielt und sagte, es sei noch früh. Und ein anderes Mal — am Schluß — rief sie "Alfonso", ein wenig als ob sie um Hilfe schriee. Dieses zweite Mal war er in Richtung Türe gegangen, er wollte wieder weggehen.

Aber es ist wahr, er hätte mehr tun können. Er hätte sie mitnehmen können nach draußen, sie wäre ihm gefolgt. Er tat es nicht.

Wenn er es nicht tat, dann deshalb, weil er nichts wußte, weil er nicht wußte, daß sie Gefahr lief verhaftet zu werden, Sie verstehen schon, es scheint mir logisch.

— Oder weil er befürchtete — wenn er zu sehr gedrängt hätte — daß sie ihre Verrücktheit ganz und gar zeigt, daß sie ihn fragt, weshalb er weggehen wolle, daß sie zu viel spricht?

— Daran habe ich nicht gedacht.

Vielleicht war es da, im *Balto*, während der Polizist sprach, daß er verstand — vor uns — folglich zu spät, um irgendetwas zu tun. Meiner Meinung nach werden wir nie wissen, was er wußte und was er nicht wußte.

— Warum bestätigte er Ihrer Meinung nach die Lüge des Polizisten über den Ort des Verbrechens?

— Um sich über ihn lustig zu machen. Er lachte, als er sagte, er habe die Schläge gehört oben auf der Böschung des Viaduktes. Er hätte geradesogut irgendetwas anderes bestätigt.

— Aber war es nicht trotzdem schlimm für ihn?

— Aber nein, Pierre und ich, wir können es bezeugen: er

wollte sich über den Polizisten lustig machen. Aber hat er es nicht selber gesagt bei der Ermittlung?

— *Ich glaube ja.*

— Also sehen Sie.

— *Haben Sie geglaubt, daß der Polizist sich irrte?*

— Nein, ich glaubte, er sagte die Wahrheit. Ich glaube, Alfonso war der einzige, der wußte, daß der Polizist den Ort erfand. Erstens wohnt er wirklich im Wald. Außerdem muß er gesehen haben, wie die Lüge über die Bühne ging, weil er dem Gespräch von weitem folgte, ein wenig wie ein Zuschauer. Glauben Sie nur, wenn Alfonso den genauen Ort des Verbrechens gewußt hätte, hätte er sich still gehalten.

— *Da bin ich nicht sicher. Sie übrigens auch nicht, glaube ich.*

— Wie hätte er erraten sollen, daß sie von da an beginnen würde, von diesem Wort an: Wald?

— *Was denken Sie sonst noch, nachdem Sie dieses Band gehört haben?*

— Daß man schon sehr schnell anfangen mußte, um sie Angst zu haben, sobald sie das Café betreten und den Polizisten gesehen hatte. Aber das ist nicht wahr. Diese Angst war bestimmt da, aber es war nicht diejenige, die man heute meint. Es war die Angst, daß der Polizist bemerken würde, daß da eine etwas verrückte Frau war. Nichts weiter.

— *Und daß das Verhalten dieser Frau ihn auf die Idee bringt, sie zu verdächtigen?*

— Daß sie ihn auf die Idee bringt, einen von uns zu verdächtigen. Sie, wie hätten wir daran denken sollen?

Ich lege Wert darauf, Ihnen zu sagen, daß ich persönlich froh bin, daß Alfonso Frankreich verlassen hat, so wie er war: so ohne Verteidigung.

Auch ich werde Viorne verlassen, ich kann es mir nicht mehr vorstellen.

— *Warum machen Sie mir gegenüber die Bemerkung über die Angst, die Sie hatten, daß der Polizist Claire für verrückt halten könnte?*

— Ich habe sie gemacht, angenommen der Polizist hätte bemerkt, daß wir alle ein bißchen seltsam waren an diesem Abend — gerade so wie Leute, die gemeinsam Angst haben vor der gleichen Sache. Die ein Geheimnis haben.

— *Sie sprechen, als hätte es sich für sie alle darum gehandelt, sich der Polizei zu widersetzen.*

— Natürlich.

— *Der Polizist bemerkte nur eines, nämlich daß Alfonso zu Beginn des Abends fast immer schwieg — und daß er Claire anschaute.*

— Er hat immer sehr wenig gesprochen. Das konnte die Polizei natürlich nicht wissen. Sie sehen, wir waren zu Recht mißtrauisch.

— *Sie hatten vor allem Angst um Alfonso?*

— Zweifellos, aber ohne mir dessen völlig bewußt zu sein.

— *Wie war Pierre Lannes?*

— Ich habe Ihnen gesagt, wie ich ihn im ersten Moment fand: bekümmert. Jetzt würde ich ein wenig weiter gehen. Ich würde sagen: er hatte Angst. Aber da täusche ich mich schon wieder: ich würde dazu neigen zu glauben, daß er während des ganzen Abends fürchten mußte, Claire würde von Marie-Thérèses Abreise nach Cahors sprechen. Weil ich jetzt weiß, daß sie ihm das gesagt hatte am Morgen nach dem Verbrechen, — ich kann nicht mehr tun, als wüßte ich es nicht, man kann nichts ändern, ich sage mir: das ist es, wovor er Angst hatte. Aber ich irre mich, ich weiß es. Ich bin sicher.

Was auch noch war, er muß Angst gehabt haben vor der Zukunft, wegen dieser Abreise der Kusine, die ihn allein ließ mit Claire. Was wäre aus ihnen geworden? Aber das ist alles.

Ich denke nach, vor Ihnen, in diesem Moment.

— *Gingen Sie nie zu den Lannes?*

— Nie. Im Dorf besucht man einander nicht. Und doch weiß man sehr vieles voneinander, fast alles.

— *Finden Sie es normal, daß Pierre Lannes sagt, er hätte nicht an die Überprüfung der Eisenbahnen gedacht?*

— Ja, wie alle.

— *Hat er sich Ihrer Meinung nach verändert in der letzten Zeit — in seiner seelischen Verfassung meine ich?*

— Seit einigen Jahren ist er nicht mehr ganz der alte.

Sie wissen bestimmt, daß er sich um einen Sitz im Gemeinderat von Viorne beworben hat? Ja. Vor fünf Jahren. Er ist nicht gewählt worden, und das war eine große Enttäuschung.

Ich glaube nicht, daß er mit Ihnen darüber sprechen wird. Die Politik war seine Leidenschaft. Er hatte lange darauf verzichtet, Politik zu machen. Dann eines Tages bewarb er sich. Er dachte, das würde von alleine gehen mit dem vorzüglichen Ansehen, das er hatte in Viorne. Er irrte sich.

— *War es ein bißchen wegen seiner Frau, daß er nicht gewählt wurde?*

— Hat man Ihnen das gesagt?

— *Nein. Was denken Sie?*

— Man sagte es. Aber man sagte auch, weil er schon etwas alt war. Zu sehr Schürzenjäger auch, sagten einige.

— *Was wußten Sie über sie?*

— Über sie? Jeder konnte sie sehen, wie sie auf ihrer Bank im Garten saß. Ein von zwei Malen sah sie einen nicht mehr, in letzter Zeit, wenn man vorüberging. Und ihre

Trägheit, die kannte man. Man wußte, daß Marie-Thérèse Bousquet alles machte bei ihnen.

Das muß öfter vorkommen als man glaubt: stille Verrückte, die ein Dorf behält. Bis zum Tag, da die Katastrophe geschieht.

— *Über ihre Vergangenheit vor Viorne wissen Sie nichts?*

— Nein. Ich weiß, was in Viorne geschah. Zum Beispiel weiß ich, wie viele Leute, daß er sie oft betrog und daß ihr dies völlig gleichgültig war, aber über ihre Vergangenheit in Cahors, über ihre Jugend weiß ich nichts.

— *Was wissen Sie, was die andern nicht wissen?*

— Daß er nicht glücklich war.

— *Ihretwegen?*

— Nicht nur — sie nahm keinen so wichtigen Platz ein in seinem Leben — nein. Wegen des Alters, das kam und ihn daran hinderte, ebensoviele Abenteuer zu haben wie früher. Darüber war er untröstlich. Ich wußte es, ohne daß er mir davon erzählte, klar.

— *Schämte er sich nicht für seine Frau?*

— Sich schämen ist nicht das richtige Wort, glaube ich. Sie trat nicht so auf, daß man sich für sie schämen mußte, nein. Er mußte fürchten, was sie sagen würde und daß man sie für verrückt halten würde, aber nur, wenn Fremde da waren. Mit uns nicht. Wenn sie ihre Reden hielt, bei denen man stehend einschlafen konnte, ließ man sie reden. Alfonso hörte manchmal zu. Pierre und ich für unseren Teil, wir redeten zusammen.

Manchmal blieben wir vier allein zurück, nachdem geschlossen war. Ich plauderte gerne mit ihm. Er ist nicht dumm, und er ist über alles auf dem laufenden. Er ist ein tüchtiger Mann, und so sehr sie verrückt war, so sehr war er ruhig, so sehr stand er mit beiden Beinen auf der Erde.

— *Worüber redete sie, wenn es sie überkam?*

— Oh, über alles. Was sie auf der Straße, am Fernsehen gesehen hatte. Sie hatte eine Art zu erzählen, die Alfonso lachen machte, sie wußte es genau, also erzählte sie ihm oft die Filme, die sie am Fernsehen gesehen hatte. Ich konnte ihr nicht zuhören, ich gebe es zu. Für mich war es langweilig, was sie sagte. Für Pierre auch. Aber nicht für Alfonso. Sie sehen, es hängt von den Leuten ab.

— *Wie ... war es? was sie sagte?*

— Es waren zehn Dinge auf ein Mal. Es war ein Wortschwall. Dann plötzlich Schweigen.

— *War es ohne Hand und Fuß?*

— Nein, da ja beispielsweise Alfonso damit zurechtkam. Aber ihr zu folgen erforderte eine sehr große Aufmerksamkeit. Alfonso sagte manchmal zu mir: "Du solltest versuchen zuzuhören, wenn sie spricht." Ich versuchte es, ich schaffte es nie bis zum Ende einer einzigen Erzählung.

— *Gab es ein Ende und einen Anfang?*

— Zweifellos, aber die verlor man. Sehr schnell ging es in alle Richtungen, es gab Beziehungen zwischen allem und jedem — an die man selber nie gedacht hätte.

— *Aber sie sprach nie über bestimmte Personen aus Viorne?*

— Sehr selten. Es war immer entweder aus der Zeitung oder vom Fernsehen oder eigene Ideen von ihr, verstehen Sie. Oder vielmehr von da ausgehend.

— *War es Verrücktheit?*

— Ich weiß nicht. Ich erlaube mir nicht, das zu sagen, selbst jetzt.

— *Sie haben soeben von den stillen Verrückten gesprochen, die ein Dorf behält.*

— Das sagt sich so leichthin.

— *Sie haben ebenfalls gesagt, daß Sie wußten, daß sie eines Tages völlig den Verstand verlieren würde.*

— Ja. Und doch, wenn Sie von mir verlangen zu entscheiden, hier, einfach so, ein für alle Male, ob es Verrücktheit war oder nicht, das kann ich nicht tun. In einem anderen Haus, mit anderen Menschen, mit einem anderen Mann hätten sich die Dinge vielleicht anders abgespielt, wer weiß?

— *Galt sie als intelligent trotz dieser Art von Verrücktheit?*

— Für Alfonso, ja. Er sagte, wenn es ihr gelungen wäre, Vernunft anzunehmen, wäre sie eine sehr intelligente Person gewesen. Die anderen stellten sich diese Frage nicht. Meiner Meinung nach, für mich meine ich, war er intelligenter als sie.

— *Haben Sie Alfonso wiedergesehen vor seiner Abreise nach Italien?*

— Ja. Er hat mich am Vorabend besucht, also vor drei Tagen. Wir haben über dieses und jenes gesprochen, und während wir so redeten, sagte er mir, er würde Frankreich am nächsten Tag verlassen.

— *Haben Sie ihm überhaupt keine Frage gestellt darüber, was geschehen war?*

— Ich hätte mir nicht erlaubt, das zu tun. Und dann wußte ich, selbst wenn er kompromittiert war, war er unschuldig.

— *Worüber haben Sie gesprochen?*

— Über das Leben, das ihn in Modena erwartete. Und auch ein wenig über sie, über Claire. Er hat mir gesagt, es sei zehn Jahre her, daß er sich von ihr angezogen gefühlt habe und daß er sie zu sich in seine Hütte genommen hätte, wenn Pierre nicht gewesen wäre. Es war das erste Mal, daß er es mir sagte. Ich hatte nie etwas gewußt davon.

— *Bedauerte er, es nicht getan zu haben?*

— Er hat nicht von Bedauern gesprochen.

— *Haben Sie ihn nicht gefragt, warum er Viorne verlasse?*

— Es war nicht der Mühe wert, ich wußte es. Er verließ Viorne, weil er Angst hatte davor, was Claire bei der Ermittlung aussagen würde, was sie erfinden würde, damit auch er ins Gefängnis käme. Alles sprach gegen ihn: Landarbeiter, ledig und Ausländer noch obendrein. Er zog es vor, Frankreich zu verlassen.

— *Wußte er, daß sie versucht hätte, ihn zu kompromittieren?*

— Er wußte es, ja. Nicht aus Boshaftigkeit. Aus ... Verrücktheit — ich brauche dieses Wort, weil mir kein anderes einfällt. Von dem Moment an, da sie ins Gefängnis kam, war es wahrscheinlich, daß sie gewollt hätte, daß auch er käme. Sie hatte ihn gern.

— *Und er?*

— Er sie auch.

Vielleicht glaubte sie, daß sie zusammen im gleichen Gefängnis sein könnten, wer weiß? Sie würde es vielleicht sagen.

— *Wie wußte Alfonso das — unter anderem?*

— Ich weiß nicht. Er wußte es.

— *Ohne je mit ihr darüber gesprochen zu haben?*

— Ich sehe nicht, wann sie einander alleine gesprochen haben könnten.

— *Wußten Sie, daß sie manchmal nachts ausging?*

— Ich weiß es, weil er es bei der Ermittlung gesagt hat. Ich habe es in der Zeitung gelesen. Sonst nicht.

— *Also, weil auch er nachts herumspazierte — er scheint sehr wenig geschlafen zu haben — müssen sie einander getrof-*

fen, sich gesprochen haben?

— Das ist möglich. Aber ich sage nur das, was ich weiß. Ich habe sie nie zusammen gesehen, außer im *Balto*, und mit Pierre, niemals allein oder niemals anderswo.

Meiner Meinung nach gab es nie etwas zwischen ihnen, auch nicht früher.

— *Hätte er es Ihnen gesagt?*

— Das nicht, aber trotzdem glaube ich es nicht.

— *Sie hat ausgesagt, daß sie einander getroffen hätten in der dritten Nacht nach dem Verbrechen. Er sagt das Gegenteil. Was sollen wir davon halten?*

— Wissen Sie, falls er die Polizei angelogen hat, dann im Grunde genommen, um sie nicht zu belasten. Also zählt das nicht. Man kann ihn verstehen. Er wollte diese Frau beschützen.

— *An diesem letzten Abend haben Sie also nicht über das Verbrechen geredet?*

— Nein. Wir haben über sie geredet, wie ich Ihnen sagte, aber in der Vergangenheitsform.

— *Finden Sie es nicht außergewöhnlich, daß über das Verbrechen kein einziges Wort gesagt wurde?*

— Nein.

— *Warum sollte Claire Alfonso nicht gesagt haben, daß sie Marie-Thérèse Bousquet umgebracht hatte?*

Warum sollte sie es vermieden haben, ihm gerade das zu sagen? Wenn sie doch wußte, daß sie sich auf ihn verlassen konnte?

— Wann sollte sie es ihm gesagt haben?

— *Nachts in Viorne.*

— Aber wenn er bestritt, sie angetroffen zu haben?

Wenn ich wählen soll, wem von beiden ich glauben soll,

dann ihm.

Darf ich Ihnen meinerseits eine oder zwei Fragen stellen?

— *Ja.*

— Was erfahren Sie aus meinem Bericht über das Verbrechen?

— *Über das Verbrechen nichts, außer daß Sie die gleichen Zweifel an der Schuld Claires haben wie ich. Über Claire erfahre ich aus Ihrem Bericht eine sehr wichtige Sache, nämlich daß sie viel weniger isoliert war in Viorne, als man zuerst hätte annehmen können, daß sie unter Alfonsos Schutz stand und sogar ein bißchen unter Ihrem.*

— Sie war einsam, trotz allem, so einsam wie eine Verrückte ist, überall.

— *Ja, aber ihre Verrücktheit war trotzdem nicht so beschaffen, daß sie sie gänzlich von der Welt getrennt hätte, daß sie allen gleichgültig geworden wäre.*

— Wissen Sie, ich bin vor allem hier wegen Alfonso. Ihretwegen allein hätte ich nicht auf Ihre Fragen geantwortet. Ich hatte kein persönliches Verhältnis zu ihr. Sie kam ins Café, oft, wie viele andere Leute, und notgedrungen glaubt man sich zu kennen, aber man muß unterscheiden zwischen sich kennen und sich kennen. Alfonso, Pierre, ja, die kannte ich, aber nicht sie. Als Frau hat sie mir nie besonders gefallen, muß ich sagen.

— *Mit Alfonso sprachen Sie über sie wie über eine Verrückte?*

— Nein, wie über eine Frau in erster Linie, eine Frau, die gewisse verrückte Seiten hatte, aber nicht wie über eine, die vor allem verrückt war. Wir brauchten dieses Wort nicht, wenn es um sie ging. Das hätte bedeutet, sie zu verurteilen.

Man hätte es eher von anderen Leuten gesagt, die nicht verrückt waren, als ausgerechnet von ihr.

Die zweite Frage, die ich Ihnen stelle, ist die: inwiefern haben Sie ein Interesse daran zu wissen, ob Alfonso wußte oder nicht, was Claire getan hatte?

— *Ich suche herauszufinden, wer diese Frau ist, Claire Lannes, und warum sie sagt, sie hätte dieses Verbrechen begangen. Sie gibt zu diesem Verbrechen überhaupt keine Erklärung. Also suche ich für sie. Und ich glaube, wenn es jemanden gibt, der etwas darüber weiß, dann ist es Alfonso.*

Angenommen, wohl verstanden, sie wäre schuldig, sage ich mir dieses: entweder wußte Alfonso alles, und wenn er es zuließ, daß sie verhaftet wurde, dann deshalb, weil er ohne Hoffnung war, daß sie die Verrücktheit je hinter sich lassen würde und weil er es besser fand, wenn sie eingesperrt würde; oder aber Alfonso wußte nicht wirklich, was geschehen war, er hatte nur einen Verdacht, und wenn er es zuließ, daß sie verhaftet wurde, dann deshalb, weil auch er mit einer Sache abschließen wollte.

— Womit?

— *Sagen wir, mit einer allgemeinen Situation von Claire.*

— Ich verstehe ein wenig, was Sie meinen.

— *Vielleicht ließ er es zu, daß sie von der Polizei verhaftet wurde aus demselben Grund, der sie dazu bewegt hatte zu töten. So hätten sie dasselbe getan, sie, indem sie ein Verbrechen beging, er, indem er zuließ, daß sie von der Polizei verhaftet wurde.*

— War es nicht Liebe?

— *Wie diese so große Sympathie bezeichnen? und die bestimmt die Form der Liebe hätte annehmen können aber ebensogut andere Formen?*

— Ohne daß sie miteinander sprechen?

— *Wahrscheinlich, ja.*

Was war zwischen Marie-Thérèse Bousquet und Alfonso?

— Sie schliefen von Zeit zu Zeit miteinander, weiter nichts. Er war ein Mann, der sich nicht abgestoßen fühlte durch Marie-Thérèses Gebrechen.

— *Ebensowenig durch Claires Verrücktheit?*

— Das auch nicht.

— *Haben Sie nie von einem Mann sprechen gehört, der in Claires Jugend eine wichtige Rolle spielte, der Polizeibeamte von Cahors?*

— Nein, nie.

Hätten Sie Alfonso befragt, wenn er in Viorne geblieben wäre?

— *Nein. Er hätte nichts gesagt. Schon bei der Ermittlung teilte er nichts mit über sie, außer das über ihre nächtlichen Spaziergänge.*

— Das ist wahr, er hätte nichts gesagt.

Sie sind sicher, daß er etwas wußte, nicht wahr?

— *Ja. Aber was, ich weiß es nicht.*

Und Sie, was glauben Sie?

— Er mußte etwas über das Wesentliche gewußt haben, nicht über die Handlungen. Aber von da bis zur Möglichkeit es zu sagen, selbst wenn er es gewollt hätte, das ist ein anderes Problem.

Werden Sie Pierre und Claire sehen?

— *Ja.*

— Haben Sie eine Vorstellung über die Gründe dieses

Verbrechens?

— *Ich kann etwas wahrnehmen, weit weg, aber es ist unmöglich, irgendetwas zu sagen.*

— Eben haben Sie so gesprochen, als wäre Claire die Schuldige.

— *Nein, als wäre Claire die Schuldige, die sie vorgibt zu sein. Ob sie behauptet, dieses Verbrechen begangen zu haben oder ob sie es wirklich begangen hat, ihre Gründe wären die gleichen —, wenn sie sie nennen könnte.*

Fällt Ihnen nicht auf, daß wir ein bestimmtes Ereignis des Abends mit Schweigen übergehen, Sie und ich?

— Ja.

— *Sie haben vorhin gesagt, daß Pierre den ganzen Abend befürchten mußte, daß Claire von Marie-Thérèses Abreise sprechen würde.*

— Ja, ich erinnere mich.

— *"Befürchten", ist dies das richtige Wort?*

— Ich weiß nicht.

— *Wenn jemand Claire in die Arme der Polizei getrieben hat, wer ist es? Pierre oder Alfonso?*

— Wenn ich ihn nicht kennte, würde ich denken, eher Pierre.

— *Und wenn Sie ihn kennen?*

— Wenn ich ihn kenne, würde ich meinen, er war an diesem Abend in einer Laune, daß er ganz Viorne hätte in die Arme der Polizei treiben mögen.

— *Mit dieser Höllenmaschine, von der er sprach, wen hätte Pierre Lannes damit Ihrer Meinung nach getötet, selbst wenn er es nicht weiß?*

— Sich.

— Und wenn ich eine andere Meinung hätte als Sie über das Verhalten von Pierre Lannes an diesem Abend, möchten Sie sie hören?

— Nein.

II

— Ich habe Sie kommen lassen, um Sie über Ihre Frau Claire Lannes zu befragen.

— Warum?

— Im Hinblick auf ein Buch über das Verbrechen, das eben in Viorne verübt worden ist.

— Wie?

— Mit Hilfe eines Tonbandgerätes. Es läuft in diesem Moment. Ich habe bereits Robert Lamy befragt.

Es steht Ihnen frei, auf die Fragen zu antworten oder nicht.

— Ich bin einverstanden.

— Würden Sie sich bitte vorstellen?

— Ich heiße Pierre Lannes. Ursprünglich bin ich aus Cahors. Ich bin siebenundfünfzig Jahre alt. Ich bin Beamter beim Finanzamt.

— Sie wohnen seit 1944 in Viorne, seit 22 Jahren.

— Ja. Abgesehen von zwei Jahren in Paris, nach unserer Heirat, haben wir immer hier gewohnt.

— Sie haben Claire Bousquet geheiratet in Cahors, im Jahre 1942.

— Ja.

— Sie wissen bestimmt durch die Ermittlung, daß sie sagt, sie habe alleine gehandelt und Sie hätten nichts gewußt.

— Das ist wahr.

— Sie haben alles zur gleichen Zeit wie die Polizei erfahren?

— Ja. Ich habe alles erfahren, als sie im Café *Balto* gestand, am Abend des 13. April.

— Vor diesem Abend, an den fünf Tagen, die auf den Mord folgten, ahnten Sie nichts von dem, was geschehen war?

— Nein. Nichts.

— Ich möchte, daß Sie mir wiederholen, was sie Ihnen sagte, um die Abwesenheit ihrer Kusine, Marie-Thérèse Bousquet, zu rechtfertigen.

— Sie sagte zu mir: "Weißt Du, Marie-Thérèse ist nach Cahors zurückgefahren, heute morgen, sehr früh." Das war gegen sieben Uhr, als ich aufstand.

— Glaubten Sie ihr?

— Ich glaubte nicht, daß sie die ganze Wahrheit sagte, aber ich glaubte, daß sie einen Teil davon sagte. Ich glaubte nicht, daß sie log.

— Glaubten Sie immer, was sie Ihnen erzählte?

— Ja. Wer sie kannte, glaubte ihr.

Ich glaubte, daß sie mich heute überhaupt nicht mehr belog, wenn Sie mich auch früher über gewisse Dinge in ihrer Vergangenheit belogen hatte.

— Über welche Vergangenheit?

— Bevor wir uns kennenlernten. Aber das ist weit weg, das hat nichts zu tun mit dem Verbrechen.

— Waren Sie nicht erstaunt über die Abreise ihrer Kusine?

— Doch, ich war sehr erstaunt. Aber ich gebe zu, ich dachte vor allem an das Haus, was daraus werden würde in ihrer Abwesenheit, eine Katastrophe.

Ich fragte sie aus. Sie erzählte mir eine Geschichte, die einen Sinn hatte, sie sagte mir, Marie-Thérèse sei abgereist, um ihren Vater zu sehen, sie wolle ihn vor seinem Tod noch einmal sehen, sie komme in einigen Tagen zurück.

— *Als diese paar Tage vorüber waren, haben Sie sie daran erinnert?*

— Ja. Da sagte sie mir: "Es geht ebensogut ohne sie, ich habe ihr geschrieben, sie soll nicht zurückkommen." Ich habe nicht geantwortet.

— *Glaubten Sie ihr noch immer?*

— Ich glaubte, daß sie mir etwas verschwieg, aber ich glaubte nicht, daß sie log, noch immer nicht.

Ich versuchte nicht, die ganze Wahrheit zu erfahren. Die Abreise von Marie-Thérèse Bousquet war für mich ein zu unerfreuliches Ereignis.

— *Aber verschiedene Vermutungen gingen Ihnen durch den Kopf?*

— Ja. Die einzige, die ich im Gedächtnis behalten habe, war die: daß Marie-Thérèse abgereist war, weil sie plötzlich genug von uns hatte, von uns, von Viorne, vom Haus, daß sie nicht gewagt hatte, es uns zu sagen. Daß sie vorgab, ihren Vater wiedersehen zu wollen, bevor er stürbe, schien mir eine taktvolle Art, uns zu verlassen.

— *Welche anderen Vermutungen hätten Sie haben können, da Sie ja Marie-Thérèse so kannten, wie Sie sie kannten?*

— Daß sie mit einem Mann hätte weggehen können, einem Portugiesen — die Portugiesen machten sich nichts daraus, daß sie taubstumm war, sie sprechen nicht französisch.

— *Und hätte sie mit Alfonso weggehen können?*

— Nein, selbst früher, nein, was zwischen Marie-Thérèse und Alfonso war, hatte nie etwas mit Gefühlen zu tun. Es war eine Art Bequemlichkeit, Sie verstehen.

Daß die beiden sich hätten streiten können, daran dachte ich überhaupt nicht.

— *Was gedachten Sie zu tun?*

— Ich gedachte es so einzurichten, daß ich Claire in ein Erholungsheim brächte, bevor ich nach Cahors ginge, um Marie-Thérèse zurückzuholen. Auf diese Art hätte ich die Neuigkeit Marie-Thérèse mitteilen können, ihr sagen, daß ich allein und die Arbeit weniger anstrengend sei.

— *Anders ausgedrückt, diese Abreise bedeutete für Sie einen glücklichen Zufall, um sich von Claire zu trennen?*

— Ja. Peinlich, aber trotzdem ein glücklicher Zufall. Ich kann sogar sagen: ein unverhoffter glücklicher Zufall.

— *Und wenn Marie-Thérèse Bousquet darauf bestanden hätte, nicht mehr zurückkehren zu wollen, trotz Claires Abreise? Hatten Sie daran gedacht?*

— Ja. Ich hätte jemand anderen genommen. Es wäre notwendig gewesen. Ich kann meinen Haushalt nicht ganz alleine führen.

— *Aber Sie hätten sich in gleicher Weise von Claire freigemacht, wie wenn Sie Marie-Thérèse wieder genommen hätten?*

— Ja, noch umso mehr, wenn ich so sagen darf, weil eine neue Person Claires Anwesenheit im Haus überhaupt nicht ertragen hätte.

— *Und aus all diesen Gründen bestanden Sie nicht darauf, mehr über Marie-Thérèses Abreise zu erfahren?*

— Vielleicht.

Aber dazu kommt noch, daß ich sie sehr wenig gesehen habe in diesen fünf Tagen. Es war schönes Wetter, sie blieb im Garten. Ich machte die Einkäufe, wenn ich von der Arbeit heimkehrte.

— *Aß sie nicht?*

— Nein, sie wollte nicht. Ich glaube, sie aß nachts. Sie muß ja irgendetwas gegessen haben.

Eines Morgens sah ich, daß weniger Brot da war.

— *War sie sehr niedergeschlagen in diesen fünf Tagen?*

— Wenn ich wegging, war sie im Garten. Wenn ich heimkam, war sie noch immer da. Ich sah sie sehr wenig. Aber ich glaube nicht, daß sie niedergeschlagen war. Ich spreche vom Zeitabschnitt der fünf Tage nach dem Verbrechen. Ich verliere mich ein wenig in den Daten. In der Zeitspanne des Verbrechens, wenn ich mich richtig erinnere, einmal, ja, fand ich sie auf der Bank eingeschlafen, im Garten, sie schien erschöpft. Am anderen Tag fuhr sie nach Paris. Ich traf sie gegen zwei Uhr nachmittags, reisefertig. Sie sagte mir, sie ginge nach Paris. Sie kam spät zurück, gegen zehn Uhr abends. Das muß vor einer Woche gewesen sein, es war fünf Tage vor dem Abend im *Balto*, am Samstag.

— *Das heißt, am Vorabend der letzten Nacht, die sie im Keller verbrachte?*

— Wenn wir uns nicht geirrt haben, ja, das stimmt.

— *Ging sie selten nach Paris?*

— Seit einigen Jahren, ja, selten.

Abgesehen von dieser Reise nach Paris, während oder nach dem Verbrechen, muß sie die Tage im Garten verbracht haben.

— *Sie scheint immer viel Zeit in diesem Garten verbracht zu haben. Was ist dann der Unterschied?*

— Das heißt, keiner ... außer daß es keine festen Zeiten mehr gab im Haus, seit Marie-Thérèse nicht mehr da war und daß sie solange da bleiben konnte, wie sie wollte, bis in die Nacht.

— *Riefen Sie sie nicht?*

— Ich hatte keine Lust mehr, es zu tun.

Ich gebe zu, daß sie mir ein bißchen Angst machte in letzter Zeit, seit sie das Transistorradio in den Brunnen geworfen hatte. Ich glaubte, das sei das Ende.

— *War diese Angst nicht auch ein Verdacht?*

— Es war nicht ein Verdacht, der sich auf das bezog, was geschehen war. Wie soll man sich so etwas vorstellen?

— *Haben Sie sie wiedergesehen seit ihrer Verhaftung?*

— Ja, am Tag darauf, ich bin ins Gefängnis gegangen, ich habe sie sehen dürfen.

— *Welchen Eindruck macht sie Ihnen jetzt?*

— Ich werde aus nichts mehr klug, nicht einmal aus mir selbst.

— *Wovor hatten Sie Angst?*

— Als Marie-Thérèse nicht da war, hatte ich Angst vor allem.

— *Paßte sie auf sie auf?*

— Ja, sicher. Es war notwendig. Auf liebenswürdige Art, seien Sie unbesorgt. Ich hatte Angst, daß sie einen Skandal machen, sich das Leben nehmen würde ... Wissen sie, nach derartigen Ereignissen glaubt man, sich an Dinge zu erinnern, die man vielleicht gar nicht gedacht hat.

— *Gingen Sie nicht in den Keller in diesen Tagen?*

— Im Winter gehe ich da Holz holen. Damals war es warm, wir machten kein Feuer mehr. Im übrigen sagte sie mir, ohne daß ich sie irgendetwas fragte, ich durchquerte den Garten und ging weg: "Marie-Thérèse hat den Kellerschlüssel mitgenommen, es hat keinen Sinn hinunterzugehen."

— Hatten Sie Angst, sie würde sich das Leben nehmen, oder hofften Sie das?

— Ich weiß nicht mehr.

— Dieser Auftritt im Balto, *wo Sie eine — seltsame — Rede hielten, erinnern Sie sich genau daran?*

— Ja. Sehr genau.

Ich verstehe immer noch nicht, was mit mir los war.

— Wir werden darauf zurückkommen, wenn Sie wollen. Ich möchte Ihre Meinung hören: Glauben Sie, daß sie ganz alleine handelte oder daß ihr jemand half?

— Ich bin sicher: alleine. Wie denn sonst?

— Sie sagte scheinbar, sie hätte einmal Alfonso angetroffen, gegen zwei Uhr früh, als sie zum Viadukt ging mit ihrer Einkaufstasche.

— Also ich weiß nicht.

Wurde Alfonso vor seiner Abreise befragt?

— Ja. Er bestritt, sie nach dem Verbrechen getroffen zu haben. Aber er sagte, er hätte sie öfters im Dorf getroffen, nachts, schon seit Jahren.

— Ist das wahr? Das ist nicht möglich.

— Es sei denn, Alfonso sagte nicht die Wahrheit?

— Nein, wenn er es sagte, ist es wahr.

— Was sagte sie über Alfonso?

— Sie sprach über ihn nicht mehr als über anderes. Wenn er kam, um Holz zu schlagen, war sie glücklich. Sie sagte: "Zum Glück ist Alfonso in Viorne." Das ist alles.

— Ich bin nicht hier, um Sie über die Fakten zu befragen, wie Sie ja wissen, sondern über den Grund. Ihre Meinung über sie ist wichtig.

— Ich verstehe.

— *Warum sagte sie Ihrer Meinung nach, sie hätte Alfonso angetroffen?*

— Sie mochte ihn sehr, also hätte sie normalerweise nichts darüber sagen dürfen, um ihm Unannehmlichkeiten zu ersparen. Ich weiß nicht.

— *Verstanden Sie es, daß sie Alfonso gern hatte?*

— Er war ein guter Kerl, der in einer Hütte im Wald wohnte, oben, wissen Sie. Auch er redete nicht viel, er ist gebürtiger Italiener, ledig. Aber in Viorne sagte man, Alfonso sei ein bißchen einfältig ... verstehen Sie ... Sie muß sich Geschichten über ihn ausgedacht haben, ansonsten, nein, kann ich mir nicht erklären, warum sie so sehr an ihm hing.

— *Waren sie einander nicht etwas ähnlich?*

— Im Grunde, vielleicht, ja. Aber sie war trotzdem zarter als er.

Ich glaube nicht, daß sie in Viorne denselben Ruf hatte wie er, aber vielleicht irre ich mich letzten Endes.

Was sagt man über sie, haben Sie sich erkundigt?

— *Jetzt sagt man, was man immer sagt: früher oder später ... mußte sie soweit kommen ...*

Ich weiß nicht, was man früher über sie sagte. Aber niemand sagt, daß Sie unglücklich gewesen seien mit ihr.

— Ich habe die Wahrheit immer verheimlicht.

— *Welche?*

— Oh, über das Leben, das ich ihretwegen führte. Seit Jahren völlige Gleichgültigkeit.

Seit Jahren schaute sie uns nicht mehr an. Bei Tisch hielt sie die Augen niedergeschlagen. Wenn sie mit uns sprach, hätte man meinen können, sie werde von einem Gewicht niedergedrückt, als hätten wir sie eingeschüchtert. Als ob sie uns je länger je weniger kennen würde, je mehr die Zeit vorüberging. Manchmal dachte ich, daß es Marie-Thérèses Anwesenheit gewesen war, die sie daran gewöhnt hatte, nicht mehr zu sprechen, und es kam sogar vor, daß ich bereute, daß ich sie hatte kommen lassen. Aber was hätte ich sonst tun sollen? Sie kümmerte sich um nichts. Nach dem Essen ging sie sofort in den Garten zurück oder in ihr Zimmer, das hing vom Wetter ab. Seit Jahren.

— *Was machte sie im Garten oder in ihrem Zimmer?*

— Meiner Meinung nach mußte sie schlafen.

— *Gingen Sie nie zu ihr, um mit ihr zu sprechen?*

— Nein, daran hätte ich nicht einmal gedacht. Man muss mit ihr gelebt haben, um das zu verstehen. Wenn man lange verheiratet ist, spricht man nicht mehr viel miteinander, aber wir noch weniger als die andern. Von Zeit zu Zeit war es trotzdem nötig, daß ich mit ihr sprach. Wegen der großen Einkäufe, der Reparaturen im Haus, ich hielt sie auf dem laufenden, ich legte Wert darauf, sie war immer einverstanden, wohlgemerkt, vor allem wegen der Reparaturen. Ein Handwerker im Haus, das gefiel ihr sehr, sie folgte ihm überallhin, sie schaute ihm bei der Arbeit zu. Manchmal war es sogar ein bißchen peinlich für den Handwerker, nun, am ersten Tag, dann ließ er sie gewähren. Im Grunde genommen war sie eine Art Verrückte, die wir im Haus hatten, aber still, deshalb haben wir uns nicht genug vorgesehen. Im Grunde genommen, ja. Man muß nicht weiter suchen.

Sehen Sie, bei diesem Stand der Dinge fragte ich mich, ob sie nicht alles erfunden hatte, ob wirklich sie es war, die dieses arme Mädchen umgebracht hatte...

— *Sie ist es. Die Fingerabdrücke stimmen überein. Es ist*

nicht zu widerlegen.

— Ich weiß.

Sie, eine Frau, woher hatte sie die Kraft? ... wenn es keine Beweise gäbe, würden Sie es auch nicht glauben?

— *Niemand würde es glauben, vielleicht nicht einmal sie selbst.*

Sie sagt, daß sie Sie einmal — sie präzisierte nicht, wann — gefragt habe, ob Sie auch schon geträumt hätten, Sie begingen ein Verbrechen. Erinnern Sie sich daran?

— Die Frage hat mir schon der Richter gestellt. Das war vor zwei oder drei Jahren, scheint mir. Eines Morgens. Ich habe mich deutlich erinnert, daß sie mir einen Traum über ein Verbrechen erzählte. Ich muß ihr geantwortet haben, das hätten alle Leute, ich hätte das auch schon gehabt. Sie muß mich gefragt haben warum. Ich habe vergessen, was ich darauf antwortete.

— *Sonst überraschte Sie das nicht?*

— Nein.

— *Und Sie sagten die Wahrheit, als Sie sagten, auch Sie hätten das schon gehabt?*

— Ja. Ein Mal vor allem. Ein Albtraum.

— *Wann?*

— Ich weiß nicht mehr genau, kurz bevor sie diese Frage stellte, glaube ich.

— *Wer war es in diesem Albtraum?*

— Es war etwa das, was ich in Roberts Café erzählte, im *Balto*, am Abend, als sie gestand: ich drückte auf einen Knopf, alles flog in die Luft und ...

— *Sie sind nicht verpflichtet zu antworten, ich erinnere Sie daran.*

— Ich weiß.

Aber es muß einmal sein. Es war Marie-Thérèse Bousquet.

Aber gleichzeitig, im Traum, weinte ich, weil ich merkte, daß ich die Person verwechselt hatte. Ich wußte nicht sicher, wer sterben sollte, aber es war nicht Marie-Thérèse. Auch nicht meine Frau, scheint mir.

— *Versuchten Sie nicht sich zu erinnern, wer es war?*

— Doch, aber es gelang mir nicht.

Das hat nichts zu tun mit dem, was geschehen ist, warum befragen Sie mich darüber?

— *Ich erinnere Sie daran, daß Sie nicht verpflichtet waren zu antworten.*

Ich versuche zu verstehen, warum Ihre Frau Marie-Thérèse Bousquet umbrachte. Ich stelle fest, daß sie beide dieselbe Person umbrachten, Sie im Traum, sie in Wirklichkeit: die Ihnen am meisten gut war.

— Aber ich wußte, daß ich mich irrte.

— *Der Irrtum kann nicht Bestandteil Ihres Traumes über das Verbrechen gewesen sein, sofort danach mußten Sie ihn korrigieren.*

— Aber wie?

— *Durch einen zweiten Traum. Sie mußten einen zweiten Traum haben, in dem Sie weinten.*

— Das ist möglich. Ich kann nichts dafür.

— *Natürlich. Im übrigen mußten sie nicht dasselbe Verbrechen begehen, Ihre Frau und Sie — vermittelt durch Marie-Thérèse — sei es nun im Traum oder in der Wirklichkeit. Ihre wirklichen Opfer mußten verschiedene sein.*

Wer war es in dieser erdachten Erzählung, die Sie am

Abend des Geständnisses vortrugen?

— Es war niemand mehr. Es war nur die äußere Form des Traumes.

— *Sprachen Sie mit Ihrer Frau über diesen Traum, ich meine mit Einzelheiten?*

— Bestimmt nicht, nein.

— *Warum?*

— Ich erzählte ihr nichts dergleichen. Wenn ich ihr etwas von diesem Traum sagte, dann nur um sie zu beruhigen, weil sie mich gefragt hatte. Von mir aus hätte ich ihr nichts gesagt.

Wir redeten fast nicht mehr miteinander, vor allem zuletzt. Ich sagte ihr nicht einmal mehr, wenn ich ausging. Und dann brauchte es unheimlich viel Zeit, um ihr eine sehr einfache Geschichte zu erzählen. Es brauchte zwei Stunden, bis sie verstand, was man ihr sagte.

— *Was zum Beispiel?*

— Irgendetwas. Alles. Und dann ...

— *Ja?* ...

— Sie war taktlos, sie begriff nicht, daß es Sachen gibt, die man nicht sagt. Wenn ich ihr meinen Traum über Marie-Thérèse erzählt hätte, wäre sie imstande gewesen, bei Tisch darüber zu sprechen, vor ihr, der Armen.

— *Sie hörte doch nicht?*

— Sie las alles von den Lippen ab, alles. Das wissen Sie doch?

— *Ich sollte es wissen, ja.*

— Nichts entging ihr von dem, was man sagte. Alles interessierte sie. Ihr genügte eine Erklärung, und sie hatte ein gutes Gedächtnis. Indes meine Frau alles vergaß, von einem Tag auf den andern. Von einem Tag auf den andern mußte man ihr alles wieder von neuem erklären.

Ich war ein sehr einsamer Mann mit ihr. Jetzt, da es vorbei ist, kann ich es schon sagen.

— Sie vergaß nicht alles in gleicher Weise?

— Nein, gewiß nicht, ich vereinfache ... Sie hatte ihr eigenes Gedächtnis. An Cahors beispielsweise erinnerte sie sich, als ob sie es am Vortag verlassen hätte, ja, das ist wahr.

— Haben Sie sie viel betrogen?

— Alle Männer hätten sie betrogen. Ich wäre wahnsinnig geworden, wenn ich sie nicht betrogen hätte. Im übrigen muß sie es gewußt haben, und das war ihr gleichgültig.

— Und sie ihrerseits?

— Ich glaube nicht, daß sie mich je betrogen hat. Nicht aus Treue, sondern weil für sie das eine so gut wie das andere war. Sogar am Anfang, als wir ... nun, Sie verstehen, was ich sagen will, hatte ich das ... Gefühl, wäre ein anderer an meiner Stelle gewesen, er hätte die Sache erledigt, ohne Unterschied für sie.

— Sie hätte also ebensogut von einem Mann zum nächsten gehen können?

— Ja, aber ebensogut konnte sie beim gleichen bleiben. Ich war da.

— Können Sie mir ein Beispiel dafür geben, was sie am wenigsten verstand?

— Erdachte Dinge verstand sie nicht. Eine erfundene Geschichte, zum Beispiel ein Stück am Radio, es gelang einem nicht, sie soweit zu bringen, daß sie anerkannte, daß es nie geschehen war. Sie war in einem gewissen Sinne ein Kind.

Das Fernsehen, das verstand sie, auf ihre Art, gewiß, aber wenigstens stellte sie keine Fragen.

— *Las sie die Zeitung?*

— Sie gab vor zu lesen, aber ich bin nicht sicher. Sie las die Überschriften, und dann legte sie sie weg. Ich, der ich sie kenne, sage Ihnen, daß sie die Zeitung nicht las.

— *Tat sie so als ob?*

— Nein, sie tat nicht so als ob. Sie tat nie so als ob. Nicht einmal das. Sie glaubte, daß sie die Zeitung las, das ist ein Unterschied. Einmal, das sind gut zehn Jahre her, fing sie an leidenschaftlich zu lesen, wissen Sie, dieses dumme Zeug, diese kleinen Bildergeschichten für Kinder und dann nachher, nichts mehr.

Es ist wahr, meinetwegen hörte sie auf, diese zu lesen. Das regte mich auf und erschreckte mich ein wenig. Sie klaute sie aus den Pulten der Schüler, als sie Putzfrau war in der Schule. Ich verbot ihr, welche heimzubringen, und als sie damit weitermachte, zerriß ich sie. Da war sie entmutigt.

Wenn sie keine Bildergeschichten mehr las, ist es also meinetwegen. Da mußte ich ihr wehtun, aber es war zu ihrem Wohl.

Später hätte sie soviel davon lesen können, wie sie gewollt hätte, es wäre mir egal gewesen, nur hatte sie den Geschmack daran verloren. Schließlich und endlich. Wie traurig das ist, trotz allem, arme Frau.

— *Wer?*

— Claire, meine Frau.

Eines Tages zwang ich sie, ein Buch zu lesen.

Das war ungefähr in dieser Zeit der Bildergeschichten, ich zwang sie, mir ein Buch vorzulesen, mit lauter Stimme, jeden Abend ein wenig — es waren Reiseberichte, ich erinnere mich sehr genau. Ein lehrreiches und gleichzeitig unterhaltsames Buch. Daraus wurde nichts. Ich gab auf, mitten im Buch. Die Hälfte dieses Buches, das ist alles, was sie Ernsthaftes gelesen hat in ihrem Leben, glaube ich.

— *Interessierte sie das nicht?*

— Das heißt, sie sah nicht ein, warum sie lernen sollte, sie konnte nicht lernen, sie konnte ihre Aufmerksamkeit nicht auf nur eine Sache aufs Mal richten. Ein Land wurde beschrieben, sie vergaß dasjenige vom Vorabend.

Am Anfang hatte ich damit viel Mühe. Später habe ich den Dingen ihren Lauf gelassen, man kann sich jemandem, der sich nicht verändern will, nicht widersetzen.

— *Was für eine Ausbildung haben Sie gemacht?*

— Ich habe den ersten Teil des Baccalauréats. Ich machte eine Aufnahmeprüfung. Ich bin Revisor beim Steueramt. Ich mußte meine Ausbildung abbrechen, weil mein Vater starb und ich gezwungen war zu arbeiten. Aber ich habe immer versucht, mich auf dem laufenden zu halten. Ich lese gerne.

— *Könnten Sie von ihr behaupten, daß sie überhaupt keine Intelligenz hat?*

— Nein. Das würde ich nicht sagen. Manchmal urteilte sie richtig. Plötzlich machte sie über jemanden eine Bemerkung, die erstaunlich war. Es gelang ihr auch — in Krisen — sehr komisch zu sein. Manchmal trieb sie Schabernack, zusammen mit Marie-Thérèse; ich erzähle Ihnen vom Anfang, als Marie-Thérèse eben bei uns angekommen war. Wie weit zurück das liegt.

Manchmal sprach sie auch auf eine merkwürdige Art, ein bißchen so, als ob sie geschriebene Sätze zitiert hätte, die sie in gewissen modernen Büchern gelesen haben könnte, währenddem sie doch nie ...

Ich erinnere mich an zwei oder drei Dinge, über die Blumen im Garten. Sie sagte: "Die Englische Minze ist dünn, sie ist schwarz, sie hat einen Fischgeruch, sie kommt von der Ile des Sables."

— *Was hätten Sie gemacht, wenn Sie Ihre Ausbildung hätten fortsetzen können?*

— Ich wäre gerne in die Industrie gegangen.

— *Sie sagten, sie hatte keine Fantasie, oder habe ich falsch verstanden?*

— Sie haben falsch verstanden. Ich meinte, daß sie die Fantasie der andern nicht verstand. Ihre eigene Fantasie, das ist sicher, das ist gewiß, war sehr stark. Sie muß einen größeren Raum in ihrem Leben eingenommen haben als alles übrige.

— *Wissen Sie nichts über diese Fantasie?*

— Fast nichts ... Was ich glaube sagen zu können ist, daß die Geschichten, die sie erfand, sich hätten zutragen können. Zu Beginn gingen sie von einem richtigen Ausgangspunkt aus — sie erfand überhaupt nicht — erst nachher gingen sie in irgendeine Richtung. Zum Beispiel kam es vor, daß sie sich beklagte über Vorwürfe, die ich ihr nicht gemacht hatte, nie, vor allem in der letzten Zeit — aber es waren Vorwürfe, die ich ihr durchaus hätte machen können, die berechtigt gewesen wären, als ob sie meine Gedanken gelesen hätte.

Es kam auch vor, daß sie uns Gespräche mitteilte, die sie gehabt zu haben glaubte, auf der Straße, mit Passanten. Niemand hätte glauben können, daß sie sie erfand bis zu dem Moment, da sie die besagte Person einen verrückten Satz aussprechen ließ.

— *Litt sie Ihrer Meinung nach nicht darunter, alt zu werden?*

— Nein, überhaupt nicht. Das war ihre beste Seite. Das war manchmal tröstlich.

— *Wie wußten Sie das?*

— Ich wußte es.

— *Was würden Sie über sie sagen?*

— Im Hinblick darauf, ob sie intelligent war oder nicht?

— *Ja, wenn sie wollen.*

— Daß nichts in ihr zurückblieb, es war unmöglich, daß sie irgendetwas lernte.

Daß sie überhaupt kein Bedürfnis hatte, irgendetwas zu lernen. Daß sie nur das verstehen konnte, was sie aus sich selber erklären konnte, wie, darüber weiß ich nichts. Sie war wie allem verschlossen und wie für alles offen, man kann beides sagen, nichts blieb in ihr zurück, sie behielt nichts. Sie erinnert an einen Ort ohne Türen, wo der Wind durchweht und alles mitnimmt. Als ich begriff, daß es nicht ihre Schuld war, gab ich den Plan auf, ihr etwas beizubringen.

Ich frage mich heute noch, wie sie es schaffte, lesen und schreiben zu lernen.

— *Könnte man sagen, daß sie überhaupt nicht neugierig war?*

— Auch nicht. Man könnte sagen, ihre Neugierde war eigenartig. Sie war neugierig auf die Leute ganz allgemein und nicht auf Einzelheiten, die sie hätten sagen oder machen können. Ich glaube, während einer gewissen Zeit interessierte sie Marie-Thérèse auf diese Art. Am Anfang vor allem. Sie fragte sich, wie sie es anstellte zu leben. Das fragte sie sich auch bei Alfonso.

— *Sie wurde Alfonso? Marie-Thérèse?*

— Fast. Sie schlug während zwei Tagen Holz, um zu tun wie Alfonso. Oder sie steckte sich Wachs in die Ohren, um zu sein wie Marie-Thérèse. Sie hätten sie sehen müssen. Es war schwer zu ertragen.

— *Sah sie die andern nicht als unfertig, leer an, mit dem Bedürfnis sie zu füllen, sie zu vollenden mit dem, was sie erfand?*

— Ich verstehe, was sie meinen. Nein, das Gegenteil wäre eher der Fall gewesen. Sie muß die anderen gesehen haben, als ob es unmöglich gewesen wäre, sie durch die üblichen Mittel kennenzulernen, durch das Gespräch, über das Gefühl. Gerade wie Blöcke. Aber genau sagen könnte ich es Ihnen nicht.

Sehen Sie, als ich ihr begegnete, liebte ich sie gerade aus diesem Grund, daran habe ich oft gedacht, und ich bin mir sicher. Und als ich mich von ihr löste, als ich auf andere Frauen zuging, war es ebenfalls aus diesem Grund, demselben: sie hatte mich nicht nötig. Mich zu kennen, mich zu verstehen, man hätte meinen können, daß sie mich entbehren konnte.

— *Wovon war sie erfüllt? Sagen Sie das erste Wort, das Ihnen in den Sinn kommt?*

— Ich weiß nicht, ich kann nicht. Von sich?

— *Aber sich, wer?*

— Ich weiß nicht.

— *Finden Sie es langweilig oder interessant, über sie zu sprechen?*

— Es interessiert mich.

Es interessiert mich mehr, als ich gedacht hätte.

Vielleicht weil alles zu Ende ist.

Stellte man ihr die gleiche Frage?

— Ich weiß nicht, ich glaube nicht.

Sie schrieb niemals Briefe, nicht wahr?

— Sie schrieb an Zeitungen, früher, ich weiß es. Aber seit zehn Jahren, vielleicht mehr, hat sie es nicht mehr gemacht, glaube ich. Nein. Sie hat sicher fast nicht mehr schreiben können.

Im übrigen hatte sie niemanden mehr in Cahors, dem sie hätte schreiben können, außer diesen Onkel — den jüngsten Bruder ihrer Mutter, der ungefähr in ihrem Alter ist. Aber sie legte keinen Wert darauf.

— Diesem Mann, dem Beamten von Cahors?

— Wie wissen Sie, daß es ihn gibt?

— Sie hat dem Untersuchungsrichter davon erzählt.

— Nein, ich glaube nicht. Nein, nicht einmal am Anfang, ich glaube nicht.

Sich vorstellen, daß sie jemandem schreiben konnte — Neuigkeiten erzählen — danach fragen, das ist unmöglich, wenn man sie kennt. Ebenso unmöglich wie sich vorzustellen, wie sie ein Buch liest. Hingegen konnte sie an die Zeitungen schreiben, was immer ihr in den Sinn kam.

— Sah sie diesen Beamten nie wieder nach ihrer Heirat mit Ihnen?

— Soviel ich weiß, nein, nie.

Sie war sehr unglücklich mit ihm. Ich glaube, sie wollte ihn vergessen.

— Wann?

— Als sie mich kennenlernte, wollte sie ihn vergessen.

— Um ihn zu vergessen, hat sie geheiratet?

— Ich weiß nicht.

— *Warum haben Sie sie geheiratet?*

— Ich verliebte mich in sie. Körperlich gefiel sie mir sehr gut. Ich kann sagen, daß ich verrückt war nach ihr, in dieser Hinsicht. Das hinderte mich zweifellos daran, das übrige zu sehen.

— *Das übrige?*

— Ihren so seltsamen Charakter, ihre Verrücktheit.

— *Haben Sie es fertiggebracht, sie den Beamten von Cahors vergessen zu machen, was meinen Sie?*

— Ich glaube nicht, es war die Zeit, auf die Dauer, nicht ich. Und selbst, wenn ich es wäre, habe ich ihn nicht ersetzt.

— *Erzählte Sie Ihnen nie davon?*

— Nie. Aber ich wußte, daß sie daran dachte, am Anfang vor allem. Aber daß sie ihn gleichzeitig vergessen wollte, das wußte ich auch. Als Marie-Thérèse kam, versuchte sie nicht einmal mehr herauszufinden, ob sie ihn in Cahors gekannt hatte oder nicht. Ich weiß es, ich bin mir sicher.

Seinetwegen verbrachten wir nie unsere Ferien in Cahors. Ich legte keinen Wert darauf, daß sie ihn wiedersah. Mir war gesagt worden, er hätte versucht, ihre Adresse herauszufinden, ich war mißtrauisch.

— *Es war Ihnen also wichtig, sie nicht zu verlieren?*

— Ja, trotz allem, ja, selbst nach der ersten Zeit unserer Ehe.

— *Und Sie, Sie sprachen sie nie an auf den Beamten von Cahors?*

— Nein.

— *Wünschte sie von Ihnen, daß Sie nicht davon sprachen?*

— Nein. Es gab keinen Grund, sie darauf anzusprechen. Um sie sagen zu hören, sie liebe ihn noch, war es die Mühe nicht wert.

— *Sie sind ein Typ, der es vermeidet, von Dingen zu sprechen, die Ihnen wehtun?*

— Ja, so bin ich.

— *Wußten Sie, daß sie versucht hatte, sich umzubringen seinetwegen? Daß sie in einen Teich gesprungen war?*

— Ich erfuhr es zwei Jahre nach unserer Heirat.

— *Wie?*

— Zu diesem Zeitpunkt war ich in einer politischen Partei aktiv. Diese Erinnerung ist verknüpft mit der Politik, weil es mir ein Kollege aus Cahors sagte, der es zufällig wußte. In der Partei gab es sehr wenige persönliche Gespräche. Wir sprachen schnell von etwas anderem.

— *Haben Sie sie nie darauf angesprochen?*

— Nein.

— *Änderte sich Ihre Einstellung ihr gegenüber nicht?*

— Doch, im schlechten Sinne, gezwungenermaßen. Ich wußte, daß sie sich meinetwegen nicht umgebracht hätte, wenn ich sie verlassen hätte.

— *Haben Sie nie daran gedacht, es zu tun?*

— Doch, aber nie ernsthaft genug, um es wirklich zu tun.

— *Hätten Sie gedacht, daß sie eine Frau ist, die imstande ist, Selbstmord zu begehen, bevor Sie es erfuhren?*

— Es zu erfahren, erstaunte mich nicht so sehr. Also mußte ich glauben, daß sie dazu imstande ist. Aber dazu, was sie eben gemacht hat, diese Abscheulichkeit, nein, wohlverstanden.

— *Sind Sie sicher?*

—

— *Warum haben Sie sie niemals verlassen?*

— Was ich ihr vorzuwerfen hatte, war kein ausreichendes Motiv für die Scheidung. Sie war eine schlechte Hausfrau, aber sehr schnell kam Marie-Thérèse, und das war kein Problem mehr.

Ich habe noch einmal darüber nachgedacht, wie wir in diesen Zeiten lebten. Es gab eine Zeitspanne, da liebte ich sie noch zu sehr, um sie zu verlassen — damals litt ich am meisten unter ihrer Gleichgültigkeit mir gegenüber. Dann, während Jahren — ich hatte angefangen, mit anderen Frauen zusammenzusein — bezauberte mich diese Gleichgültigkeit, statt mir wehzutun, sie zog mich an. Sie war bisweilen noch immer kokett. Dann wurde sie wie ein Gast, eines Abends. Sie behielt lange ein anmutiges Benehmen, das Lächeln eines jungen Mädchens.

Dann war Schluß damit, völlig.

— *Haben Sie bei Ihrer Heirat Gütertrennung vereinbart?*

— Ja, auf meinen Wunsch.

— *Hatten Sie Angst, was sie hätte tun können, wenn Sie sie verlassen hätten?*

— Nein, überhaupt nicht.

Sie wäre zweifellos nach Cahors zurückgekehrt. Vielleicht in diesen Milchladen. Es hätte nichts zu befürchten gegeben.

— *War zwischen Ihnen nie die Rede von Scheidung?*

— Nein. Ich habe mit ihr nie darüber gesprochen.

Vielleicht ist es so, daß ich keiner Frau begegnet bin, die ich genügend liebte, um sie zu verlassen. Ein oder zwei Male glaubte ich das Gegenteil, aber heute, aus der Distanz weiß ich, daß ich noch keine Frau so geliebt habe wie sie. Sie weiß es nicht.

— *Wußten Sie von der Existenz dieses anderen Mannes, bevor Sie sie heirateten?*

— Ja, und von ihr. Sie hatte mir nicht gesagt, daß sie zusammen gelebt hatten. Aber ich wußte es trotzdem vor der Heirat, und auch, daß sie sehr unglücklich gewesen war mit ihm. Ich beschloß, darüber hinwegzusehen. Man kann eine Frau von dreißig Jahren nicht daran hindern, eine Vergangenheit zu haben. Und außerdem wollte ich sie für mich, ich hätte mich über alles hinweggesetzt.

— *Hätten Sie nicht mit ihr zusammenleben können? eine Ehe vermeiden?*

— Ich weiß nicht, daran dachte ich nicht.

Das ist nun vierundzwanzig Jahre her. Es ist wie in einem anderen Leben.

— *Bereuen Sie es, sie geheiratet zu haben, wenn Sie an Ihr Leben denken?*

— Oh, ob ich es bereue oder nicht, jetzt hat es keine Bedeutung mehr.

— *Aber bereuen Sie es?*

— Ich bereue alles, was ich getan habe.

— *Aber was sie betrifft noch mehr als alles übrige?*

— Nein. Ich hatte mit ihr Augenblicke persönlichen Glücks, so daß ich nicht bereuen kann.

Sie interessieren sich ausschließlich für sie, durch alles hindurch, was ich Ihnen sagen kann, nicht wahr?

— *Ja.*

— Nur wegen dieses Verbrechens?

— *Das heißt, dieses Verbrechen hat mich dazu veranlaßt,*

mich für sie zu interessieren.

— Weil sie verrückt ist?

— *Eher weil sie jemand ist, die sich niemals dem Leben angepaßt hat.*

— Was ich Ihnen über sie sage, führt es Sie in die Richtung einer Erklärung ihres Verbrechens?

— *In Richtung mehrerer Erklärungen, die verschieden sind von denen, die mir in den Sinn kamen, bevor ich Ihnen zuhörte. Aber ich habe nicht das Recht, eine davon festzuhalten in dem Buch, das entsteht.*

— Das hat keinen Zweck, das sind Wörter. Man kann nicht wieder von vorn anfangen.

— *Was Sie da eben gesagt haben: "Das hat keinen Zweck, das sind Wörter. Man kann nicht wieder von vorn anfangen" gehört zu Ihrer üblichen Sprechweise, nicht wahr?*

— Es scheint mir, ja, ich habe gesprochen wie gewohnt. Wie ein Dummkopf, der ich bin.

— *Warum sagen Sie das? Sagen Sie es mechanisch, wie Sie den anderen Satz gesagt haben?*

— Ja, das ist wahr.

— *Sie spricht nie in dieser Art, stelle ich mir vor?*

— Nein, nie. Sie stellt nie Überlegungen an über das Leben.

— *Gibt es noch andere Gründe, weshalb Sie sich nicht haben scheiden lassen?*

— Das heißt, ich sehe so viele andere, die unglücklicher waren als ich.

Und dann gebe ich zu, daß ich frei war mit ihr. Sie stellte mir nie die geringste Frage. Diese Freiheit hätte ich mit niemandem sonst gehabt, mit niemandem. Ich weiß, das sind nicht gerade prächtige Motive, aber es ist die Wahrheit. Jetzt, da alles zu Ende ist, kann ich es wohl jedem sagen, das ist mir egal: Ich sagte mir, wenn ich sie betrog, sie, die ich so sehr geliebt hatte, hätte ich die andern noch viel mehr betrogen, aber viel weniger frei. Das war es, was ich mir sagte. Ich war enttäuscht.

Dann ist noch etwas, ich habe es Ihnen gesagt, sie gefiel mir noch lange Zeit — Sie verstehen, was ich meine, es war stärker als ich.

Einmal, in dieser politischen Partei, begegnete ich einer jungen Frau, mit der ich gerne zusammengelebt hätte. Sie war frei, und sie gefiel mir sehr. Sie war jünger als ich, aber das war ihr gleichgültig —, zumal ich in dieser Zeit mein Alter nicht bemerkte. Ich hatte ein Liebesverhältnis mit ihr, das zwei Jahre dauerte.

Sehr oft sagte ich zu Claire, daß ich auf eine Reise ginge und daß ich mit ihr zusammen sei. Einmal gingen wir an die Côte d'Azur. Zwei Wochen. Nach Nizza. Es war abgemacht, daß ich nach dieser Reise entscheiden mußte, entweder Claire zu verlassen oder mit dieser jungen Frau zu brechen. Ich brach mit ihr.

— *Warum?*

— Vielleicht, weil diese Frau eifersüchtig war auf Claire und weil sie alles, was ich ihr im Vertrauen über mein Leben erzählt hatte, anschließend benutzte, um mich zu überzeugen, sie zu verlassen.

Vielleicht war ich auch zu sehr an Claire gewöhnt, die nie etwas von mir verlangt hatte, nichts. Ich gebe Ihnen Gründe an, die dazukommen zu denen, die ich Ihnen genannt habe, meine Freiheit und meine Zuneigung zu ihr.

— *Waren Sie nie in Versuchung ... gab es nie etwas zwi-*

schen Marie-Thérèse Bousquet und Ihnen?

— Sagen wir mal, das ging mir manchmal durch den Kopf, aber nichts weiter. Ich bin nicht ein Mann, der diese Art von Affären hat.

— *Diese Art von Affären?*

— Ich meine mit einer, die bei mir arbeitete und die außerdem die Kusine meiner Frau war.

Es war sehr einfach mit Marie-Thérèse, man muß es Ihnen gesagt haben?

— *Man sagte mir, daß sie oft mit Portugiesen gesehen worden sei, am Abend, im Wald. Aber hatte sie nie ein längeres Liebesabenteuer?*

— Nein. Wie soll sie? Behindert wie sie war?

— *Und mit Alfonso?*

— Ich glaube nicht, aber natürlich kann ich nichts behaupten.

— *Wenn man Sie fragte, welche Rolle Sie in Claire Bousquets Leben spielten, was würden Sie antworten?*

— Ich gestehe, daß ich mir die Frage nie gestellt habe.

— *Es ist eine Frage, die keinen großen Sinn hat. Aber man kann trotzdem darauf antworten.*

— Ich kenne die Rolle nicht, die ich in ihrem Leben gespielt habe. Ich sehe keine.

— *Was wäre aus ihr geworden, wenn Sie sie nicht geheiratet hätten?*

— Oh! Ein anderer Mann hätte sie geheiratet. Sie war hübsch, wirklich. Sie hätte das gleiche Leben gehabt. Dessen bin ich mir sicher. Sie hätte alle Männer entmutigt, wie sie mich entmutigt hat. Sie hätten sie bestimmt verlassen, aber sie hätte wieder andere gefunden. Auch dessen bin ich mir sicher.

Erinnern Sie sich, ich habe Ihnen gesagt, daß sie mich über bestimmte Dinge aus ihrer Vergangenheit belogen hat?

— *Ja.*

— Gerade über diesen Punkt, daß sie viele Liebhaber gehabt hatte, bevor wir uns begegneten.

— *Gleich nach ihrem Selbstmordversuch?*

— Ja, während zwei Jahren.

Davon wußte ich nichts. Ich erfuhr es nach der Heirat.

— *Hat sie Sie belogen? oder es Ihnen nicht erzählt?*

— Sie erzählte es mir nicht, als ob es normal gewesen wäre, daß sie es tat, und dann, als ich sie befragte, leugnete sie es. Warum? Ich habe keine Ahnung.

— *Also kam es vor, daß Sie mit ihr über ihre Vergangenheit sprachen?*

— Jenes eine Mal, ja. Das war einige Wochen nach der Heirat. Nachher nie mehr.

Ich antworte auf Ihre Frage: ein anderer an meiner Stelle ... nun, viele andere an meiner Stelle hätten gedacht, daß sie sie gerettet hätten, indem sie sie heirateten, daß das die Rolle war, die sie in ihrem Leben gespielt hätten, die einzige, ohne Zweifel.

— *Fiel es Ihnen nie ein, das zu denken?*

— In schlechten Momenten, ja. Ich sagte es den anderen Frauen. Aber ich war unaufrichtig. Ich wußte genau, daß man jemanden nicht retten kann, der sich nichts daraus macht, ob er gerettet wird oder nicht. Wovor hätte ich sie gerettet? Um ihr was zu geben? Ich habe keine Vorurteile gegen Huren oder Frauen, die ein liederliches Leben führen.

Wenn niemand sie geheiratet hätte, hätte sie bis ins Alter weiterhin mit jedem geschlafen und weiter wie blöd in ihrem Milchladen gearbeitet. Und dann?

Heute denke ich, das wäre nicht schlechter gewesen.

— *Wäre es besser gewesen?*

— Oh, dieses Leben oder ein anderes, für sie, sie hätte sich mit irgendetwas zufriedengegeben. Nichts hätte sie soweit gebracht, sich zu verändern — und eines Tages wäre es zu dieser Abscheulichkeit gekommen, ob sie nun mit mir oder einem anderen gelebt hätte, es hätte ein Verbrechen gegeben, davon bin ich überzeugt.

Selbst mit dem Beamten von Cahors, ich bin sicher, sie hatte keine Vorstellung über das Leben, das sie mit ihm hätte führen wollen, ich meine, über eine Art zu leben, die sie eher als eine andere gewählt hätte.

— *Die Leute von Viorne, die Geschäftsleute, Ihre Nachbarn sagen, daß es zwischen ihnen allem Anschein nach niemals Szenen gab.*

— Das ist wahr, niemals, nicht einmal das.

Was sagen sie sonst?

— *Sie sagen, daß Sie tatsächlich Beziehungen mit anderen Frauen hatten, und sogar mit Frauen aus Viorne. Daß Ihre Frau dies duldete.*

Vor der Ankunft Marie-Thérèse Bousquets, beschäftigte sie sich trotzdem ein wenig mit Ihrem Haushalt?

— Ja, aber lustlos, verstehen Sie. Sie putzte sehr gut. Von der Küche hat sie nie etwas verstanden.

— *Was machte sie im Haus nach der Ankunft von Marie-Thérèse?*

— Je länger je weniger jedes Jahr.

— *Aber was?*

— Jeden zweiten Tag machte sie die Einkäufe.

Sie brachte ihr Zimmer in Ordnung. — Ausschließlich ihr Zimmer. Das machte sie immer, sehr genau, gründlich, jeden Tag. Zu oft.

Sie machte sehr lange Toilette. Das dauerte mindestens eine Stunde am Morgen.

Während Jahren ging sie viel spazieren, sei es in Viorne oder in Paris. In Paris ging sie ins Kino. Oder sie ging zu Alfonso, um ihn Holz hacken zu sehen. Sie sah fern. Sie wusch ihre Sachen, sie wollte nicht, daß Marie-Thérèse es machte.

Wer weiß, was sie sonst noch machte? Sie war in diesem Garten, und dann?

Ich sah sie sehr selten. An meinen freien Tagen war ich im Gemüsegarten hinter dem Haus — der Garten ist vorne — Marie-Thérèse war in der Küche oder trieb sich in Viorne herum. Man sah sich abends wieder beim Essen. Claire mußte man etwa zehnmal rufen, bis sie zu Tisch kam.

Aber in den letzten Jahren, den letzten Monaten vor allem, seit dem Frühling, verbrachte sie ihre ganze Zeit draußen, saß auf der Bank und tat nichts, nichts. Ich weiß, daß es kaum zu glauben ist, aber es ist wahr.

— *Marie-Thérèse kochte sehr gut?*

— Meiner Meinung nach war sie eine ausgezeichnete Köchin.

— *War ihre Küche besser als irgendeine andere?*

— Ja, ich war oft auswärts, ich konnte vergleichen. Bei mir zu Hause aß ich am besten.

— *Schätzte Ihre Frau die Küche ihrer Kusine?*

— Ich glaube, ja. Sie sagte niemals etwas darüber.

— *Nichts, sind Sie sicher?*

— Sicher. Wieso?

— *Nahm Marie-Thérèse Bousquet niemals Ferien?*

— Sie war nicht Hausangestellte bei uns, verwechseln Sie das nicht, hätte sie zwei Wochen wegfahren wollen, hätte sie dies tun können, sie war völlig frei.

— *Aber sie machte es nie?*

— Nein, nie. Sie war in Wirklichkeit die Frau des Hauses. Sie fühlte sich zu Hause. Sie traf Entscheidungen über alles, das Essen, die Reparaturen, die auszuführen waren. Weggehen hätte für sie bedeutet, ihr Haus im Stich zu lassen, es Claire zu überlassen, diesem Schmutzfink.

— *Seit einundzwanzig Jahren aß also Claire, Ihre Frau, Marie-Thérèse Bousquets Gerichte?*

— Ja. Warum?

Es war eine gute Küche, eine sehr gute sogar, abwechslungsreich und gesund.

— *Gab es auch zwischen den beiden Frauen niemals Szenen?*

— Nein. Ich könnte es natürlich nicht absolut behaupten, ich ließ die beiden den ganzen Tag allein, und oft mehrere Tage hintereinander, wie ich Ihnen gesagt habe — aber ich glaube nicht.

— *Denken Sie gut nach.*

— Ich denke nach.

Nein, ich sehe nichts.

— *Wie sprach sie über sie?*

— Normal. Einmal rief sie mich, und sie zeigte von weitem mit dem Finger auf sie, von der Küchentüre aus. Sie lachte. Sie sagte zu mir: "Schau sie an, von hinten gleicht sie einem kleinen Ochsen." Wir haben gelacht, nicht boshaft. Es war wahr. Wenn ich Marie-Thérèse sah, kam mir das sehr oft wieder in den Sinn.

Manchmal, als sie jünger waren, fand ich sie abends vor, wie sie beide Karten spielten. Vor allem im Winter. Nein, ich glaubte, alles gehe gut.

Überhaupt keine Szenen. Wie sollten sie auch? Alles war immer einwandfrei für meine Frau. Wenn es den geringsten Streit zwischen ihnen gegeben hätte, selbst vor langer Zeit, können Sie sich wohl denken, wäre das das erste gewesen, was ich dem Richter gesagt hätte.

— *Dieses Einvernehmen ist sehr selten, zwischen Menschen, die zusammenleben.*

— Ich weiß. Es wäre besser gewesen, wenn es anders gewesen wäre.

— *Denken Sie das wirklich?*

— Ja. Aber man kann Uneinigkeit nicht einfach erfinden, mit Claire, wütend spielen, sie merkt es, sie lacht.

— *Was hätte man tun können?*

— Ich sehe nichts. Ich denke nicht daran. Es ist zu spät.

— *Das Haus war sehr ruhig?*

— Ja. Zwischen diesen beiden Frauen, die sich so gut verstanden, wurde ich vielleicht durch diese Stille eingelullt. Überall außer zu Hause schlief ich schlecht, fand ich, daß man zu viel rede, daß es nicht sauber sei. Ich war an sie beide gewöhnt. Man möchte meinen, daß ich eben erst erwacht bin.

Es war, als ob niemand in dem Haus gewesen wäre. Und dennoch war alles gemacht, die Küche, der Haushalt, alles.

— *Sie haben vorhin gesagt, daß Marie-Thérèse auf Claire aufpaßte, Sie haben hinzugefügt: auf liebenswürdige Art.*

— Vor allem in der letzten Zeit, ja, es war notwendig. Claire machte manchmal Dummheiten, Dinge, die gefährlich hätten sein können. Marie-Thérèse warnte mich. Wenn ich da war, schickte ich Claire auf ihr Zimmer oder in den Garten, und wir sprachen nicht mehr darüber. Das beste war, sie alleine zu lassen.

— *Wenn Sie nicht da waren?*

— Dann machte es Marie-Thérèse.

— *Und die Ruhe im Haus war deswegen nicht gestört?*

— Nein. Wir glaubten, sie wäre gestört gewesen, wenn wir sie hätten machen lassen.

— *Was zum Beispiel?*

— Es ging um Zerstörung, um Unvorsichtigkeiten. Sie verbrannte alle Zeitungen auf einmal im Kamin. Sie zerschlug Dinge, Teller, oft, oder sie schmiß sie in den Mülleimer. Oder sie versteckte sie irgendwo, sie vergrub sie im Garten — ihre Uhr, ihren Trauring, sie gab vor, beides verloren zu haben, ich bin sicher, daß sie im Garten sind. Sie zerschnitt auch. Einmal, erinnere ich mich, zerschnitt sie ihre Decken, jede in drei Stücke von gleicher Länge. Aber es genügte, die Streichhölzer, die Schere nicht herumliegen zu lassen, das war alles.

— *Aber wenn Marie-Thérèse nicht da war?*

— Wenn ich nicht da war, ließ Marie-Thérèse sie niemals alleine im Haus. Bestimmte Zimmer waren zugesperrt: die Küche und unsere Zimmer. Sie hätte alles durchsucht. Aber wenn diese Vorsichtsmaßnahmen einmal getroffen waren, ging alles gut. Ich habe Ihnen die Wahrheit gesagt: es war eine Ruhe, und die beiden vertrugen sich gut.

Es verdroß Claire nicht, in den Garten zu gehen, sie ging sofort.

— *Sie hätte Ihre Zimmer durchsucht, um was zu finden?*

— Das war wirklicher Wahnsinn. Um das zu finden, was sie "besondere Spuren" nannte, die zum Verschwinden gebracht werden müßten. Es war das totale Geheimnis.

— *Wenn sie im Garten war, waren Sie am ruhigsten?*

— Ja, bestimmt.

— *Nachts war nichts abgeschlossen?*

— Es scheint mir, daß Marie-Thérèse manchmal, vor allem in letzter Zeit, die Küche zuschloß. Ich bin nicht sicher. Vielleicht verschloß sie sie, wenn sie die Nacht mit Portugiesen verbrachte.

— *Nahm sie sie manchmal auf ihr Zimmer mit?*

— Das ist bestimmt vorgekommen. Wenn ich einmal in meinem Zimmer oben war, kümmerte ich mich nicht mehr darum, was im unteren Stockwerk vorging. Ich gehe davon aus, daß es Marie-Thérèse freistand, einzuladen wen sie wollte und wann sie das wollte.

— *Hörten Sie nichts in der Nacht des Verbrechens?*

— Keine Schreie. Ich hörte etwas wie ein Geräusch der Türe. Ich glaubte wohl, daß Marie-Thérèse heimkam oder daß eine der beiden im Haus umherging. Ich schlief wieder ein. Mein Zimmer war im zweiten Stockwerk. Ich hörte die Geräusche vom Erdgeschoß kaum.

— *Sind Sie aus Ihrem Haus ausgezogen?*

— Ja. Ich lebe im Hotel. Ich habe ein Zimmer genommen im Hôtel des Voyageurs, in der Nähe des Bahnhofs.

— *Sind Sie wieder ins* Balto *gegangen?*

— Nein. Ich gehe in die Hotelbar.

— *Warum sind Sie nicht wieder hingegangen?*

— Ich will mit meiner Vergangenheit brechen, selbst mit den guten Dingen, sogar mit Robert Lamy.

— *Was gedenken Sie zu tun, haben Sie darüber nachge-*

dacht?

— Ich werde das Haus verkaufen. Ich werde anderswo leben.

— *Und mit den Kaufleuten im Dorf, den Leuten, verstand sich Claire Lannes auch mit ihnen gut?*

— Ja. Auch in dieser Hinsicht ist nie etwas vorgefallen. Wie ich Ihnen gesagt habe, jeden zweiten Tag besorgte Claire die Einkäufe. Nein, nichts.

— *Kaufte sie ein, was sie wollte?*

— Nein. Marie-Thérèse gab ihr eine Liste.

— *Waren Robert und Alfonso Ihre besten Freunde?*

— Das heißt, die Leute, die wir bevorzugten. Sie vor allem Alfonso.

— *Erinnern Sie sich an nichts in diesen letzten Jahren, was dieses Verbrechen hätte ankünden können, nicht einmal von ferne?*

— An nichts, nein, ich kann lange suchen. An nichts.

— *Dachten Sie nie — nicht einmal ein einziges Mal, ein einziges —, daß sie imstande wäre, das zu tun, was sie eben getan hat?*

— Diese Frage haben Sie mir schon gestellt wegen des Selbstmordes.

— *Nein, eigentlich haben Sie darüber gesprochen, wegen des Selbstmordes. Ich habe Sie gefragt, ob Sie sicher seien, Sie haben nicht geantwortet.*

— Ich antworte Ihnen: Nein, niemals hätte ich mir vorgestellt, daß sie imstande wäre zu tun, was sie getan hat. Niemals. Wenn man mich gefragt hätte, hätte ich gelacht.

— *Denken Sie gut nach.*

— Nein, ich will nicht. Man kann alles finden, wenn man sich dazu entschließt, oder nichts, wie man will. Also schweige ich.

— *Sie war gleichgültig, aber sie war nicht grausam, nicht wahr?*

— Als junges Mädchen war sie im Gegenteil sehr sanft. Ich glaube, daß sie es geblieben ist.

— *Sind Sie nicht sicher?*

— Ich achtete nicht mehr genügend darauf, um sicher zu sein.

— *Was für Gefühle hatte Marie-Thérèse ihr gegenüber?*

— Sie mochte sie bestimmt gerne. Aber sie gab sich weniger ab mit ihr als mit mir. Claire drängt die Leute nicht dazu, sich mit ihr abzugeben. Die Aufmerksamkeit bewirkt eher, daß sie sich abwendet, als daß sie sich freut, verstehen Sie.

Und außerdem muß ich Ihnen sagen, daß Marie-Thérèse eine Schwäche hatte für die Männer, wie auch immer sie waren. Man wird es Ihnen sagen in Viorne.

— *Was glauben Sie jetzt? Glauben Sie, wie auch immer das Leben gewesen wäre, das Claire hätte führen können, daß es mit einem Verbrechen geendet hätte?*

— Das heißt, ich glaube folgendes: da das Leben, das sie mit mir hatte, sozusagen mittelmäßig war, verhältnismäßig mühelos in materieller Hinsicht, ohne Dramen — sei das nun zu bedauern oder nicht — hätten viele andere Leben, die sie hätte haben können, zweifellos zum gleichen Resultat geführt, es gibt keinen Grund.

Nein, ich sehe kein Leben, das ihr das Verbrechen hätte ersparen können.

— *Mit einem anderen Mann? Anderswo?*

— Nein. Ich glaube, sie hätte dieses Verbrechen mit jedem Mann und überall begangen.

— *Wenn wir so über sie sprechen, wie wir es tun, kommt es Ihnen nicht so vor, als hätten bestimmte Dinge vermieden werden können?*

— Selbst wenn unser Verhältnis geblieben wäre, wie es in den ersten Jahren war, glaube ich, daß ich nichts mehr verstanden hätte. Ich spreche für mich, ein anderer, ein aufmerksamerer, sensiblerer Mann hätte vielleicht verstanden, daß sie auf die Katastrophe zuging. Aber ich glaube, er hätte nicht verhindern können, daß sie sich ereignete.

Es war mir immer unmöglich zu erraten, was sie dachte, was sie sagen oder machen würde.

Eine Minute, bevor sie sie tötete, vielleicht, dachte sie nicht daran, daß sie sie töten würde. Glauben Sie nicht?

— *Ich weiß nicht.*

Erkundigte sie sich nicht bei Ihnen nach der Überprüfung der Eisenbahnen?

— Nein, wo denken Sie hin. Wenn man auch das Gegenteil denken kann, auf diese Lösung muß sie in der letzten Minute gestoßen sein. Während sie nachts mit ihrer Tasche in Viorne suchte, muß sie in Richtung Viadukt gegangen sein, in diesem Moment fuhr ein Zug vorbei, und — siehe da — sie fand heraus, wie sie ihn benützen konnte. Ich sehe sie, als ob ich dabei gewesen wäre. Der Polizist hatte recht in diesem Punkt, glaube ich.

— *Der Kopf, haben Sie keine Ahnung?*

— Keine. Ich habe jedenfalls im Garten gesucht, bei der

Englischen Minze, nichts.

— *Was würden Sie über die Gründe sagen?*

— Ich würde sagen: Wahnsinn. Ich würde meinen, daß sie seit jeher verrückt gewesen ist. Daß es niemand bemerken konnte, weil ihre Verrücktheit sich bei ihr einstellte, wenn sie alleine war — vor allem in ihrem Zimmer oder im Garten. Da müssen ihr schreckliche Dinge durch den Kopf gegangen sein. Ich kenne die modernen Theorien, in groben Zügen, und ich hätte gewünscht, daß Sie diesen Mann, den Beamten von Cahors befragten, aber er ist letztes Jahr gestorben.

— *Weiß sie es?*

— Ich glaube nicht. Ich habe es ihr nicht gesagt. Und Marie-Thérèse wußte nicht, daß es ihn gab. Ich weiß nicht, wer es ihr hätte sagen können.

— *Ich glaube tatsächlich, daß sie dem Richter über ihn erzählte wie über jemanden, der am Leben ist.*

Glauben Sie, daß dieser Mann von Cahors sie besser kannte als die andern?

— Vielleicht. Sie kannten einander seit ihrer Kindheit. Und wer sie mit zwanzig Jahren war, konnte allein er sagen.

Aber wer weiß? Ich glaube nicht, daß sie in jungen Jahren völlig anders gewesen sein kann als heute. Meiner Meinung nach muß sich das nicht sehr verändert haben. Es wäre etwas geblieben, es ist nicht möglich.

Wenn ich es mir gut überlege, glaube ich nicht, daß sie sich sehr verändert hat, seitdem ich sie kenne. Als ob die Verrücktheit sie jung erhalten hätte.

— *Aber Sie hätten sich vorstellen können, daß sie einmal eine Liebe lebte, die so groß war, daß sie sie bis zum Selbstmord trieb, wenn Sie es nicht erfahren hätten?*

— Nein, das ist wahr.

Trotzdem glaube ich nicht, daß diese sie verändert hat.

— Aber wenn sie sich nicht verändert hat, wie soll sie dann diese Liebe gelebt haben, in dem Zustand, in dem sie war, als Sie sie kennenlernten?

Wie sich vorstellen, daß sie fähig gewesen war, sie zu leben, wenn sie nicht anders war, als sie heute ist?

— Alleine, für ihren Teil, wie alles übrige, wie das, was sie für mich empfand. Glauben Sie ja nicht, daß sie mich überhaupt nicht liebte, Sie würden sich täuschen.

Glauben Sie, daß alles von diesem Mann ausgegangen ist?

— *Nein, das glaube ich nicht. Ich bin Ihrer Meinung.*

Glauben Sie, daß sie sich langweilte?

— Nein. Sie langweilte sich nicht. Was denken Sie?

— *Wie Sie, ich glaube, sie langweilte sich nicht. Das ist nicht das Problem.*

— Es ist richtig, was Sie sagen: das ist nicht das Problem.

— *Wissen Sie, sie spricht scheinbar viel, wenn sie befragt wird.*

— Wirklich. Aber das ist möglich.

— Sprach sie immer sehr wenig, oder kam es auch vor, daß sie manchmal nicht mehr aufhören konnte zu sprechen?

— Das kam manchmal vor. Wie bei allen. Weder seltener noch häufiger. Aber ich muß sagen, man hörte nicht zu, was sie dann erzählte.

— *Was war es?*

— Oh, irgendetwas. Erfundene Gespräche — ich habe Ihnen davon erzählt. Es hatte nichts zu tun mit dem, was uns interessierte.

— *Uns?*

— Ich meine Marie-Thérèse, mich, die Stammgäste bei Robert.

— *Und Alfonso?*

— Alfonso, ihn interessierte es ein wenig, was sie sagte. Sie erzählte ihm, was sie am Fernsehen gesehen hatte. Wir ließen sie in Ruhe in ihrer Ecke.

Sie wissen es bestimmt, wir gingen fast jeden Abend ins *Balto* — bis zum Verbrechen. An den fünf darauf folgenden Tagen ging ich nicht hin, ich war zu sehr entmutigt. Auch sie wollte nicht hingehen.

Und dann plötzlich, nach fünf Tagen, am Ende des Tages, gegen sieben Uhr, kam sie mich suchen im Haus und sagte zu mir, daß sie zu Robert gehen wolle.

— *An dem Tag, da die Zeitungen bekanntmachten, daß das Verbrechen in Viorne begangen worden sei?*

— Am Tag darauf. Ich glaubte, daß sie wieder ein wenig zum Leben erwachte. Im Moment, da wir aufbrachen, sagte sie mir, ich solle vorausgehen, sie hätte noch etwas zu erledigen, sie würde nachkommen. Sie wollte diesen Koffer packen, das wissen Sie bestimmt.

— *Ja.*

— Ich muß Ihnen sagen, als sie das Transistorradio in den Brunnen warf, ging ich zum Arzt und bat ihn, sie zu besuchen. Ich sagte ihr nichts davon. Er mußte diese Woche vorbeikommen. Ich hatte mich entschlossen, daß ich dieses Mal eine Entscheidung treffen mußte.

— *Sie sprach fast nichts mit Ihnen während dieser fünf Ta-*

ge – zwischen dem Verbrechen und ihrem Geständnis, am 13. abends?

— Sozusagen nichts. Sie sah mich nicht einmal durch den Garten gehen, wenn ich heimkam.

Ich war ihr so fremd geworden, als ob ich sie niemals gekannt hätte.

— *Sie warf auch Ihre Brille in den Brunnen?*

— Ja. Ihre eigene auch, und bestimmt auch den Kellerschlüssel. Er ist nicht wiedergefunden worden.

— *Hat sie es Ihnen gesagt?*

— Nein, ich sah sie, vom Eßzimmer aus, die Brille wegwerfen. Den Schlüssel nicht.

— *Warum hat sie Ihrer Meinung nach die Brille weggeworfen?*

— Ich dachte, um mich daran zu hindern, die Zeitung zu lesen und so zu erfahren, daß in Viorne ein Verbrechen begangen worden war. Jetzt glaube ich, daß sie einen anderen Grund hatte.

— *Damit das Unheil auch vollkommen sei?*

— Damit es ... eingeschlossen sei, das ist das Wort, das mir in den Sinn kommt.

— *Sie sagte dem Richter, daß sie Alfonso gebeten hätte, ihr zu helfen, den Fernsehapparat in den Brunnen zu werfen.*

— Sie wissen schon, daß das nicht stimmt?

— *Ja.*

— Sie hatte den Apparat in den Korridor geschleppt, gegen die Türe von Marie-Thérèses Zimmer, sie hatte ihn mit einem Stück Stoff zugedeckt, mit einem alten Rock von ihr.

— *Ich weiß. Aber warum erzählt sie das über Alfonso, was meinen Sie?*

— Vielleicht hatte sie den Einfall, ihn zu fragen, ob er ihr helfe und glaubt, daß es geschehen ist. Oder sie fragte ihn, und er lehnte natürlich ab. Anders kann ich es nicht verstehen.

Was sagte Alfonso dazu?

— *Er sagte, sie hätte alles erfunden, sie hätte ihn niemals um irgendetwas in dieser Art gebeten. Nichtsdestoweniger konnte sie sich nur Alfonso vorstellen, den sie hätte darum bitten können, nicht wahr?*

— Ja, das ist sicher.

Ich frage mich, wie sie die Kraft hatte, den Fernsehapparat bis in den Korridor zu schleppen. Ich war ausgegangen, um Brot zu kaufen. Ich kam zurück, der Fernsehapparat war verschoben.

— *Sprachen Sie mit ihr darüber?*

— Nein, ich stellte ihn an seinen Platz zurück. Sie bemerkte es nicht, an diesem Tag. Und am Tag darauf wurde sie verhaftet.

— *Wenn Alfonso sagt, sie hätte alles erfunden, ist es möglich, daß er lügt?*

— Ja.

— *Hätte auch Robert lügen können, in der gleichen Art?*

— Nein, nur Alfonso. Alfonso hatte Claire irgendwie gern. Wenn er sie sah — sein Lächeln täuschte nicht.

— *War es Liebe oder Zuneigung?*

— Oh, ich weiß nicht.

— *Wenn jemand fähig war zu erraten, was sie getan hatte, war er es?*

— Niemand hätte es erraten können. Aber wenn es jemanden gab in Viorne, der vielleicht hätte verstehen können, daß sie auf die Katastrophe zuging, wäre es Alfonso gewesen, ja. Wenn Alfonso intelligent gewesen wäre, hätte er es verstanden. Er war ihr zweifellos näher als irgendein anderer, als ich, ja, das ist wahr. Sie interessierte ihn noch.

Weiß sie, daß er Frankreich verlassen hat?

— *Ich glaube nicht.*

Was für eine andere Vermutung über das Verbrechen haben Sie noch?

— Es ist sehr schwierig auszudrücken, was ich glaube. Ich glaube, wenn Claire nicht Marie-Thérèse getötet hätte, hätte sie schließlich jemand anderen getötet.

— *Sie?*

— Ja. Da sie ja im Dunkeln auf dieses Verbrechen zuging, spielte es keine große Rolle, wer am Ende des Tunnels war, Marie-Thérèse oder ich ...

— *Welches war der Unterschied zwischen ihnen beiden?*

— Ich hätte sie kommen hören.

— *Wen hätte sie töten müssen nach der Logik ihrer Verrücktheit?*

— Mich.

— *Sie haben soeben gesagt Marie-Thérèse oder mich.*

— Ich habe soeben das Gegenteil entdeckt — da — jetzt.

— *Weshalb Sie?*

— Das läßt sich nicht erklären, ich weiß es.

— *Haben Sie nichts Geschriebenes von ihr, Sachen, die sie aufschrieb, selbst, wenn es schon lange her ist?*

— Nein, ich habe nichts.

— *Wir haben nicht das kleinste Stück Papier, das von ihr beschrieben worden ist. Haben Sie nie irgendetwas gefunden?*

— Vor zwei oder drei Jahren fand ich Entwürfe dieser Briefe, die sie an die Zeitungen von Versailles schrieb. Kaum leserlich, voller orthographischer Fehler. Ich warf sie ins Feuer.

— *Worum ging es?*

— Ich habe sie kaum gelesen. Ich erinnere mich an einen einzigen. Sie bat um Ratschläge für den Garten, ja, für die Englische Minze, sie fragte, wie sie im Haus aufzubewahren sei, im Winter. Die Minze, *la menthe*, das schrieb sie wie *l'amante*, die Geliebte; ein Geliebter, eine Geliebte. Und Englisch, *anglaise*, schrieb sie *en glaise*, aus Tonerde, wie 'aus Erde', 'aus Sand'.

Aber sie schrieb auf den Körper?

— *Ja. Immer die gleichen beiden Wörter. Auch auf die Mauern: das Wort Alfonso auf eine Mauer. Und auf die andere Mauer das Wort Cahors. Das ist alles. Ohne Fehler.*

— Ich bin nicht mehr im Keller gewesen. Ich werde nie mehr hingehen. Alfonso. Cahors.

— *Ja.*

— Die Erinnerung an den Beamten von Cahors war also noch da.

— *Ja.*

— Was werden sie mit ihr machen?

— *Ich weiß nichts. Beschäftigt Sie das?*

— Nein, nicht wirklich. Jetzt nicht.

— *Hätte sie ein Geständnis abgelegt, wenn Sie nicht so geredet hätten, wie Sie es getan haben, in Robert Lamys Café? Ich frage mich.*

Ich glaube, man wird es nie erfahren.

Es sieht so aus, als ob sie wirklich die Absicht hatte, nach Cahors zu fahren. In ihrem Koffer fand man ein Toilettenetui, ein Nachthemd, alles was man braucht, um eine Reise zu machen. Es ist möglich, daß sie die Absicht hatte, wirklich zu verreisen und daß Ihre Rede sie zum Bleiben veranlaßte. Daß sie blieb, um den Irrtum zu korrigieren, der Ihnen unterlief, als Sie sagten, daß das Opfer — Ihrer Meinung nach — im Wald ermordet worden sei.

— Darüber kann ich Ihnen nichts sagen.

— *Sie haben gesagt: Ich weiß nicht, was plötzlich mit mir los war.*

— Das ist wahr.

— *Schon seit zehn Tagen berichteten die Zeitungen über das Verbrechen. Seit drei Tagen waren Sie informiert darüber, daß es wahrscheinlich in Viorne begangen worden war. Das Opfer war eine Frau im Alter von Marie-Thérèse Bousquet und von ihrer Statur. Und Claire behauptete gerade, daß sie nach Cahors zurückgefahren sei, nachdem sie seit Jahren nie nach Cahors gegangen war ... Und kein Verdacht ging Ihnen durch den Sinn, keiner?*

— Keiner. Nichts, nicht die geringste Ahnung von einem Verbrechen bei mir zu Hause.

Sehen Sie, ich glaube, es ist — indirekt — die Situation, in der ich mich befand, die mich veranlaßte, diese idiotischen Äußerungen über Alfonso und über das Verbrechen im allgemeinen zu machen. Diese Situation, in der ich mich befand seit Marie-Thérèses Abreise. Das ist die einzige Verbindung, die ich sehe zwischen diesen Äußerungen und dem Verbrechen. An diesem Abend war dieses Verbrechen für mich etwas wie eine Gelegenheit, einen Verantwortlichen zu finden für alles, was sich in Viorne abspielte, auch für meine Schwierigkeiten.

— *An wen wandten Sie sich, als Sie redeten im* Balto*?*

— An alle, an niemanden.

— *Warum haben Sie Alfonso gewählt?*

— Weil er den Verdächtigungen der Polizei am meisten ausgesetzt war, ohne Zweifel. Und dann regte er mich auf mit seinem Benehmen, als wüßte er viel.

— *Auch mit seinem Verhalten gegenüber Claire?*

— Nein, das war mir egal.

— *Der Polizist sagte, Sie hätten den Stil der Journalisten von den "Vermischten Nachrichten" gehabt.*

— Das ist möglich. Ich lese oft Zeitungen.

— *Ihr Verhalten kam Ihnen nicht seltsam vor an diesem Abend?*

— Nein, wenn Fremde bei Robert sind, schweigt sie immer. Sie legte ihr Geständnis von sich aus ab, ohne daß sie jemand dazu gedrängt hätte. Als der Polizist weitererzählte, was ich erfunden hatte — nämlich daß das Verbrechen im Wald begangen worden sei, sagte sie zuerst, es sei nicht im Wald gewesen, ohne den Satz zu vollenden, zwei oder drei Male, und dann legte sie ein umfassendes Geständnis ab.

— *Wie lautete ihre Aussage?*

— Sie lautete: "Nicht im Wald brachte ich Marie-Thérèse Bousquet um, sondern im Keller, frühmorgens um vier."

Ich werde mich an diese Aussage erinnern bis zu meinem Tod.

Sie glauben, daß der Irrtum bezüglich des Ortes sie veranlaßte zu gestehen?

— *Ich glaube es. Ich glaube, wenn Sie ihn nicht begangen hätten, wäre sie nach Cahors abgereist.*

— Und wenn die ganze Erzählung des Polizisten falsch gewesen wäre, von Anfang bis Ende?

— Ich glaube, sie wäre gleichfalls nach Cahors gefahren. Sie hätte keinen Grund gehabt einzuschreiten. Aber Ihre Vermutungen, die am Anfang richtig waren, zweigten plötzlich ab, und sie konnte nicht anders, als der Wahrheit zu ihrem Recht verhelfen.

— Im Grunde genommen spielte sich alles so ab, als ob ich es gewesen wäre, der sie der Polizei übergab, wegen diesem Wort: Wald?

— Sie wäre in jedem Fall überführt worden, denke ich.

— Ich habe Ihnen vorhin gesagt, ich glaubte, daß Marie-Thérèse abgereist sei, weil sie genug von uns hatte, erinnern Sie sich?

— Ja.

— Das war nicht genau die Wahrheit. Hier ist sie: ich glaubte, daß Marie-Thérèse genug hatte von ihr, von Claire, aber nicht von mir. Daß sie genug davon hatte, ich glaubte es, sich um jemanden zu kümmern, der das nicht schätzte, was sie machte. Das war bei mir nicht der Fall.

— Wie fühlen Sie sich im Hotel?

— Nicht schlecht.

Sie denken, daß ich dieses Drama gewünscht habe, das mir Claire vom Halse schaffte, nicht wahr?

— Ja.

— Aber wer hätte mich versorgt, wer hätte weiter für mich gekocht nach dem Tod von Marie-Thérèse?

— Jemand anderer. Sie haben es gesagt.

Wird das geschehen? Werden Sie ein neues Haus kaufen und eine Haushälterin einstellen?

— Ja.

Ich möchte, daß Sie Ihren Gedanken zu Ende führen. Ich bin bereit, alles zu glauben, sowohl über die andern als auch über mich.

— Ich glaube, daß Sie nicht allein wünschten, sich Claire vom Halse zu schaffen, sondern auch Marie-Thérèse — Sie mußten wünschen, daß beide Frauen aus Ihrem Leben verschwänden, damit Sie wieder alleine sind. Sie haben träumen müssen vom Ende einer Welt. Das heißt, vom Wiederbeginn einer anderen. Die Ihnen aber geschenkt worden wäre.

III

— *Claire Lannes, seit wann leben Sie in Viorne?*

— Seit ich von Cahors wegging — abgesehen von zwei Jahren in Paris.

— *Seit Ihrer Heirat mit Pierre Lannes.*

— Ja, so ist es.

— *Haben Sie keine Kinder?*

— Nein.

— *Sie arbeiten nicht?*

— Nein.

— *Welches war Ihre letzte Arbeit?*

— Putzfrau an der Gemeindeschule. Wir brachten die Klassenzimmer in Ordnung.

— *Sie haben gestanden, des Mordes an Marie-Thérèse Bousquet, Ihrer Kusine, schuldig zu sein.*

— Ja.

— *Sie gestehen auch, keine Komplizen gehabt zu haben?*

—

— *Allein gehandelt zu haben?*

— Ja.

— *Sie bestehen auch darauf zu sagen, daß Ihr Mann nichts*

wußte von alledem, was Sie gemacht haben?

— Nichts. Ich habe die Stücke des Opfers nachts weggeschafft, wenn er schlief. Er ist nie aufgewacht. Ich verstehe nicht, was Sie wollen.

— *Mit Ihnen sprechen.*

— Über das Verbrechen?

— *Ja.*

— Ach so.

— *Wir werden mit diesem nächtlichen Weg, von Ihrem Zuhause zum Viadukt, beginnen. Mögen Sie?*

— Ja.

— *Haben Sie jemanden getroffen auf diesem Weg?*

— Ich habe es dem Richter gesagt. Einmal traf ich Alfonso.

Das ist ein Mann, der Holz schlägt in Viorne.

— *Ich weiß.*

— Er war auf der Straße, saß auf einem Stein, rauchte. Wir sagten uns Guten Abend.

— *Wieviel Uhr war es?*

— Frühmorgens zwischen zwei und halb drei, glaube ich.

— *Schien er nicht erstaunt zu sein? Fragte er Sie nicht, was Sie da machten?*

— Nein, er war ja selber auch auf der Straße, also.

— *Wozu meinen Sie?*

— Ich weiß nicht, vielleicht wartete er auf den Tag, wer weiß? Darüber weiß ich nichts.

— *Finden Sie es nicht außergewöhnlich, daß er Ihnen keine Fragen stellte?*

— Nein.

— *Machte er Ihnen Angst, als Sie ihn sahen?*

— Nein, was ich eben tat, machte mir so sehr Angst, ich hatte vor nichts anderem Angst. Ich bin fast verrückt geworden vor Angst im Keller.

Wer sind Sie, ein anderer Richter?

— *Nein.*

— Bin ich verpflichtet, Ihnen zu antworten?

— *Warum, ist es Ihnen unangenehm zu antworten?*

— Nein, ich möchte gerne antworten auf die Fragen über das Verbrechen und über mich.

— *Sie haben dem Richter folgendes gesagt: "Eines Tages bereitete Marie-Thérèse das Essen zu ..." Sie haben den Satz nicht zu Ende gesprochen, und ich bitte Sie, ihn mit mir zu Ende zu führen.*

— Das hat nichts mit dem Verbrechen zu tun. Aber ich möchte ihn zu Ende sprechen.

... Sie bereitete das Essen zu, Fleisch an einer Sauce, sie kostete die Sauce, es war am Abend, ich kehrte in die Küche zurück, ich sah sie von hinten, und ich sah, daß sie am Hals wie ein Mal hatte, hier, sehen Sie.

Was werden sie mit mir tun?

— *Man weiß es noch nicht.*

Ist das alles, was Sie über diesen Tag sagen wollten?

— Oh, es gäbe noch viel zu sagen. Als sie tot war, war das Mal noch immer da, am Hals. Ich erinnerte mich, es früher gesehen zu haben.

— *Warum haben Sie dem Richter davon erzählt?*

— Weil er mich nach Daten fragte. Ich habe versucht mich zu erinnern wann und wann. Zwischen den zwei Momenten, da ich dieses Mal sah, müssen vielleicht einige

Nächte verstrichen sein.

— *Warum haben Sie diesen Satz nicht vollendet mit dem Richter?*

— Weil das nichts zu tun hatte mit dem Verbrechen. Ich habe es bemerkt, mitten in meinem Satz, ich habe mich wieder in den Griff bekommen.

— *Wann ungefähr war das?*

— Wenn ich es gewußt hätte, hätte ich nicht von diesem Mal gesprochen.

Es war noch kalt.

Was ich getan habe, ist unmöglich, ich weiß es.

— *Hatten Sie dieses Mal früher nie gesehen?*

— Nein. Ich sah es, weil sie eben ihre Frisur geändert hatte und weil ihr Hals frei war.

— *Hat diese Frisur auch ihr Gesicht verändert?*

— Nein, ihr Gesicht nicht.

— *Wer war Marie-Thérèse Bousquet?*

— Sie war eine Kusine von mir. Sie war taubstumm von Geburt an. Man mußte etwas finden, was sie tun konnte. Die Arbeit im Haus gefiel ihr. Sie war sehr kräftig. Sie war immer zufrieden.

Man hat mir gesagt, da ich ja eine Frau sei, würde man mich nur ins Gefängnis schicken für den Rest meines Lebens. Also werde ich alle Tage, die mir bleiben, alle, an diesem einzigen Ort verleben?

— *Finden Sie es gerecht oder ungerecht, eingesperrt zu sein?*

— Wie Sie wollen. Eher gerecht. Aber auch ungerecht.

— *Warum ein wenig ungerecht?*

— Weil ich alles sage, was man von mir hören will und weil das nichts ändert. Ich habe begriffen, daß das Ergebnis dasselbe wäre, wenn ich schwiege, man würde mich ebensogut verwahren.

— *Finden Sie das nicht ungerecht für Ihren Mann, ich meine von Ihnen?*

— Nein, nicht wirklich. Es ist besser als der Tod, und außerdem ...

— *Was?*

— Ich liebte diesen Mann nicht besonders, Pierre Lannes.

— *Warum hatte er Marie-Thérèse Bousquet kommen lassen?*

— Um zu helfen. Und es kostete nichts.

— *Nicht um zu kochen?*

— Als er sie kommen ließ, nein, er wußte nicht, daß sie gut kochte. Es war deshalb, weil es nichts kostete. Erst später fing er an, ihr Geld zu geben, glaube ich.

— *Sie sagen immer, daß Sie alles gesagt hätten vor Gericht, aber das stimmt nicht ganz.*

— Befragen Sie mich um zu erfahren, was ich nicht gesagt habe?

— *Nein. Glauben Sie mir?*

— Ich will es glauben. Ich habe alles gesagt, außer das mit dem Kopf. Wenn ich sage, wo der Kopf ist, habe ich alles gesagt.

— *Wann werden Sie es sagen?*

— Ich weiß nicht. Wegen des Kopfes tat ich, was notwendig war. Es tat mir weh. Noch mehr, als alles übrige.

Ich weiß nicht, ob ich sagen werde, wo der Kopf ist.

— *Warum nicht?*

— Warum?

— Die Regel schreibt vor, daß die Geständnisse vollständig sein müssen. Erst wenn der Kopf aufgefunden sein wird, wird man gänzlich sicher sein, daß es wirklich sie war, die umgebracht wurde.

— Was aufgefunden worden ist, muß ausreichend sein, um es zu wissen. Schon allein die aufgefundenen Hände wären ausreichend, man erkennt sie wieder. Fragen Sie meinen Mann. Und außerdem habe ich gestanden.

— Ohne zu sagen, wo sie ihn versteckt haben, können Sie sagen, wann Sie ihn versteckt haben?

— Mit dem Kopf habe ich mich zuletzt beschäftigt, eines Nachts. Als alles vorbei war. Ich tat das, was man üblicherweise tut. Ich hatte sehr lange nachgedacht, was ich mit dem Kopf tun könnte. Ich bin nicht darauf gekommen. Also bin ich bis nach Paris gegangen. Ich stieg an der Porte d'Orléans aus, und ich ging, bis ich es fand. Ich fand es. Da wurde ich ruhig.

Ich frage mich, weshalb Sie den Kopf wollen, als ob der Rest nicht ausreichend wäre.

— Ich habe es Ihnen gesagt, die Geständnisse müssen vollständig sein.

— Ich verstehe nicht.

Was hat mein Mann über mich gesagt?

— Eher Gutes. Er hat gesagt, daß Sie sich verändert hätten seit einiger Zeit. Daß Sie sehr wenig redeten. Eines Tages hätten Sie zu ihm gesagt, daß Marie-Thérèse Bousquet einem Tier ähnlich sehe.

— Das ist falsch. Ich habe gesagt "einem kleinen Ochsen". Von hinten, es war wahr. Wenn Sie glauben, ich hätte sie getötet, weil ich das gesagt habe, täuschen Sie sich. Ich hätte es gewußt.

— *Wie?*

— Im Moment, da der Richter mit mir darüber sprach.

— *Träumten Sie, Sie seien jemand anderer?*

— Aber nein.

Ich habe davon geträumt, was ich getan habe. Aber vorher, sehr lange Zeit vorher. Ich sagte es meinem Mann. Er sagte mir, daß dies auch ihm schon zugestoßen sei. Ich fragte Alfonso und Robert, abends, im Café. Sie sagten mir, daß auch sie schon von Verbrechen geträumt hätten, daß alle von Verbrechen träumten.

Für mich war es nicht das erste Mal, daß ich träumte, ich würde sie umbringen.

— *Haben Sie dem Richter gesagt, daß Sie wie in einem Traum waren, als Sie Marie-Thérèse Bousquet umbrachten?*

— Nein, das habe ich nie gesagt. Man hat mich danach gefragt, und ich sagte, es sei schlimmer gewesen als in einem Traum.

— *Warum schlimmer als in einem Traum?*

— Weil ich nicht träumte.

Was wollen Sie wissen?

— *Ich versuche zu erfahren, warum Sie Marie-Thérèse Bousquet umgebracht haben.*

— Warum?

— *Ich möchte versuchen zu verhindern, daß Sie lebenslänglich eingeschlossen werden.*

— Ist das Ihr Beruf?

— *Nein.*

— Machen Sie das nicht täglich? und mit allen?

— *Nein.*

— Also hören Sie mir zu. Es gibt zwei Dinge: Erstens habe ich geträumt, daß ich sie umbringe. Zweitens, als ich sie umbrachte, träumte ich nicht.

Ist es das, was Sie wissen wollen?

— *Nein.*

— Wenn ich wüßte wie antworten, würde ich es tun. Es gelingt mir nicht, meine Gedanken zu ordnen, um Ihnen verständlich zu machen, was geschehen ist, Ihnen und dem Richter.

— *Vielleicht wird es uns trotzdem gelingen?*

— Vielleicht.

Wenn es mir gelänge, wenn alles klar wäre, was würde man mit mir tun?

— *Das käme auf Ihre Motive an.*

— Ich weiß, je klarer die Verbrecher sprechen, desto eher werden sie getötet.

Also, was antworten Sie mir darauf?

— *Daß Sie trotz dieses Risikos das Bedürfnis haben, daß sich alles aufklärt.*

— Das könnte stimmen.

Ich muß Ihnen sagen, daß ich träumte, ich tötete alle Menschen, mit denen ich gelebt habe, selbst den Beamten von Cahors, meinen ersten Mann, die Person, die ich am meisten geliebt habe in meinem Leben. Und jeden mehrmals. Also mußte ich eines Tages soweit kommen, es zu tun, wirklich. Jetzt, da es geschehen ist, weiß ich, daß ich es einmal tun mußte, wirklich.

— *Ihr Mann sagt, daß Sie überhaupt keinen Grund gehabt hätten, auf Marie-Thérèse Bousquet böse zu sein, daß sie ihre Arbeit gut machte, daß vor allem ihre Küche sehr gut war —*

daß sie sauber, ehrlich, großzügig war, daß sie Sie gut versorgte, Sie beide. Daß es seines Wissens niemals Szenen zwischen Ihnen beiden gegeben habe, niemals in siebzehn Jahren.

— Sie war taubstumm, niemand konnte sich mit ihr streiten.

— Aber wenn sie es nicht gewesen wäre, hätten Sie ihr irgendetwas vorwerfen können?

— Ich kann es nicht wissen.

— Aber Sie haben die gleiche Meinung über sie wie ihr Mann?

— Das Haus gehörte ihr. Sie machte, was sie wollte. Es wäre mir nicht in den Sinn gekommen, darüber nachzudenken, ob es gut oder schlecht war, was sie machte.

— Jetzt, da sie nicht mehr da ist?

— Ich sehe den Unterschied. Überall liegt Staub.

— Ist es Ihnen lieber, wenn Staub liegt?

— Es ist besser, wenn es sauber ist, nicht?

— Aber Sie, was ist Ihnen lieber?

— Die Sauberkeit nahm viel Platz ein im Haus, sie nahm zu viel Platz ein.

— Nahm die Sauberkeit den Platz von etwas anderem ein?

— Vielleicht?

— Wovon? Sagen Sie das erste Wort, das Ihnen in den Sinn kommt.

— Von der Zeit?

— Die Sauberkeit nahm den Platz der Zeit ein, ist es wohl das?

— Ja.

— Und die köstliche Küche?

— Noch mehr als die Sauberkeit.

Jetzt ist alles vernachlässigt. Der Backofen ist kalt. Die

Tische sind mit kaltem Fett verschmiert, und auf dem Fett liegt Staub. Die Fensterscheiben, man sieht nicht mehr hindurch. Wenn ein Sonnenstrahl kommt, sieht man alles, Staub und Fett. Es gibt nichts Sauberes mehr, nicht ein Glas. Alles Geschirr wurde aus dem Schrank herausgenommen.

— *Sie sagen: jetzt, aber Sie sind gar nicht dort?*

— Ich weiß trotzdem, wie das Haus geworden ist.

— *Wie eine Scheune?*

— Ich verstehe nicht.

— *Ich meine: ebenso schmutzig wie eine Scheune?*

— Nein, wieso eine Scheune?

— *Wenn das weitergegangen wäre, was wäre geschehen?*

— Aber das geht weiter, niemand kümmert sich darum. Es hat angefangen, als ich dort war. Sieben Tage, ohne das Geschirr abzuwaschen.

— *Wenn das weitergeht, was wird sich ereignen?*

— Wenn das weiterginge, würde man nichts mehr sehen. Zwischen den Mauersteinen wäre Gras; und dann gäbe es keinen Platz mehr, wo man stehen könnte. Wenn das weiterginge, wäre es kein Haus mehr, das ist meine Meinung, es wäre ein Schweinestall.

— *Oder eine Scheune?*

— Nein, aber nein. Ein Schweinestall. Das fing schon an, als ich verhaftet wurde.

— *Haben Sie nichts unternommen, um diese Katastrophe aufzuhalten?*

— Ich habe nichts unternommen, weder dafür noch dagegen. Ich habe der Sache ihren Lauf gelassen.

Man wird sehen, wie weit es kommen wird.

— *Waren Sie in den Ferien?*

— Wann?

— *Seit das Haus schmutzig war?*

— Das heißt, ich nahm niemals Ferien. Es war nicht notwendig, überhaupt nicht. Ich hatte die ganze Zeit für mich, das Gehalt meines Mannes reicht sehr wohl aus, und meinerseits habe ich Einkünfte von einem Haus in Cahors. Hat Ihnen mein Mann das nicht gesagt?

— *Doch.*

Wie finden Sie das Essen im Gefängnis?

— Muß ich sagen, ob ich es mag?

— *Ja.*

— Ich mag es.

— *Ist es gut?*

— Ich mag es.

Antworte ich so, wie Sie es wünschen?

— *Ja.*

— Wissen Sie, sagen Sie es ihnen, wenn sie glauben, sie müßten mich für den Rest meines Lebens ins Gefängnis schicken, sie sollen es doch tun, los, sie sollen es doch tun.

— *Bereuen Sie nichts von Ihrem vergangenen Leben?*

— Wenn es so weitergeht, fühle ich mich wohl hier. Jetzt, wissen Sie, ist meine ganze Familie weg, es wird mir nicht schlecht gehen hier.

— *Aber bereuen Sie etwas von Ihrem vergangenen Leben?*

— Von welchem?

— *Zum Beispiel von dem der letzten Jahre?*

— Alfonso.

Alfonso und das alles.

— *War sie das letzte Mitglied Ihrer Familie?*

— Nicht ganz. Es bleibt noch ihr Vater, Alfred Bousquet, der achte Bruder meiner Mutter, Adeline Bousquet. Alle Bousquets sind tot, ausgenommen Alfred, ihr Vater. Er hatte nur ein Mädchen, Marie-Thérèse, kein Glück, taubstumm, seine Frau ist vor Kummer gestorben.

Meinen Mann zähle ich nicht dazu.

Sie, sie gehörte wirklich zu meiner Familie. Wenn ich sie vor mir sehe, kommt mir immer dasselbe Bild in den Sinn: sie spielt mit einer Katze auf dem Gehweg der Allee.

Man sagte, sie sei sehr fröhlich für eine Taubstumme, fröhlicher als ein normales Wesen.

— *Empfanden Sie sie, trotz ihrer Behinderung, verschieden von Ihnen?*

— Aber nein doch, da sie tot ist, nein.

— *Und lebend?*

— Lebend bestand der Unterschied darin, daß sie sehr dick war, daß sie jede Nacht sehr gut schlief und daß sie viel aß.

— *War dieser Unterschied wichtiger als derjenige, der von ihrer Behinderung herrührte?*

— Ja. Vielleicht. Wenn sie aß, wenn sie ging, manchmal konnte ich es nicht ertragen. Ich habe es dem Richter nicht gesagt.

— *Können Sie versuchen zu sagen, weshalb? Weshalb haben Sie es dem Richter nicht gesagt?*

— Weil er sich geirrt hätte, er hätte geglaubt, daß ich sie verabscheute, während ich sie doch nicht verabscheute. Weil ich nicht sicher wußte, wie ihm erklären, habe ich lieber geschwiegen. Sie können glauben, daß ich lüge, weil ich Ihnen soeben gesagt habe, ich hätte alles gesagt, und jetzt sage ich Ihnen, was ich nicht gesagt habe. Aber Sie würden sich irren, weil das, was ich Ihnen da soeben gesagt habe, hat mit meinem Charakter zu tun, nichts weiter. Ich behaupte, ich bin ein Typ, der es nicht erträgt, wenn die Leute gut essen und gut schlafen. Das ist alles. Wäre es ein anderer gewesen, der geschlafen und gegessen hätte wie sie, ich hätte ihn nicht besser ertragen. Also nicht weil sie es war, ertrug ich es nicht. Sondern weil ich es von niemandem ertrug. Manchmal ging ich vom Tisch in den Garten, um etwas anderes zu sehen. Ein paar Mal erbrach ich mich. Vor allem wenn es Fleisch in Sauce gab. Fleisch in Sauce ist für mich etwas Schreckliches, schrecklich. Ich verstehe nicht warum. In Cahors aßen wir es oft, freilich, als ich klein war, kochte es meine Mutter, weil es billiger war als Fleisch ohne Sauce.

— *Warum kochte sie es, wenn Sie es nicht mochten?*

— Sie kochte es, um es zu kochen, damit man aß, ohne darüber nachzudenken, sie kochte es für meinen Mann, der es liebt, jetzt ist Schluß damit, er wird es nie mehr haben, sie kochte es für ihn, für sich, für mich, für nichts.

— *Wußte sie nicht, daß Sie Fleisch in Sauce nicht mochten?*

— Ich habe es ihnen nie gesagt.

— *Und sie konnten es nicht erraten?*

— Nein. Am Tisch aß ich es wie sie. Wenn ich ihnen nicht zusah beim Essen, brachte ich es fertig, es zu essen.

— *Warum haben Sie ihr nie gesagt, daß Sie Fleisch in Sauce verabscheuen?*

— Ich weiß nicht.

— *Denken Sie nach.*

— Da ich ja nicht dachte: "Ich mag Fleisch in Sauce nicht", konnte ich es nicht sagen.

— *Bringe ich Sie auf den Gedanken, daß Sie es hätten sagen können?*

— Vielleicht. Dennoch habe ich es tonnenweise geschluckt. Ich verstehe nicht genau.

— *Warum haben Sie es gegessen, anstatt es übrig zu lassen?*

— Weil es mir gefiel in einem gewissen Sinn. Ja. Es mißfiel mir nicht, diese dreckige Fettsauce zu essen. Nachher hatte ich etwas, woran ich den ganzen Tag denken konnte im Garten.

Habe ich Ihnen gesagt, daß ich den Garten sehr mochte? Da hatte ich meine Ruhe. Wenn ich im Haus war, war ich nie sicher davor, daß sie nicht plötzlich kam und mich umarmte, ich mochte es nicht, wenn sie mich umarmte, das muß ich auch sagen. Sie war sehr dick, und die Zimmer sind klein. Ich fand, sie war zu dick für das Haus.

— *Haben Sie es ihr gesagt?*

— Nein, ich habe es ihr nicht gesagt.

— *Warum?*

— Weil es nur für mich war, wenn ich sie sah im Haus, war sie zu dick. Sonst nicht. Aber es ging nicht nur um sie. Mein Mann ist wie eine Bohnenstange, und ihn fand ich zu groß, zu hoch für das Haus, und manchmal ging ich in den Garten, um ihn nicht zu sehen, wie er unter den Zimmerdecken umherspazierte.

Im Garten haben sie mich nicht aufgesucht.

Es gibt eine Bank aus Zement und Pflanzen, Englische Geliebte, das ist meine Lieblingspflanze. Das ist eine Pflanze, die man ißt, die auf den Inseln wächst, wo es Schafe gibt. Das habe ich gedacht: Englische Geliebte, das ist das Gegenteil von Fleisch in Sauce. Ich muß Ihnen sagen, daß ich mich manchmal sehr intelligent fühlte auf dieser Bank aus Zement. Dank der Regungslosigkeit, dem Stillsein, fiel mir die Intelligenz zu, ich hatte intelligente Gedanken.

— *Wie wußten Sie es?*

— Man weiß es.

Alles ist jetzt zu Ende. Jetzt bin ich die Person, die Sie vor sich sehen, nichts weiter.

— *Wer waren Sie im Garten?*

— Die, welche bleibt nach meinem Tod.

— *Sie haben gesagt, daß Sie das Fleisch in Sauce trotzdem aßen.*

— Ich habe es Ihnen soeben gesagt.

— *Machten Sie viele Dinge, die Ihnen mißfielen und die Ihnen gleichzeitig gefielen?*

— Einige.

— *Und wie gefiel Ihnen das?*

— Ich habe es Ihnen auch soeben gesagt. Das gefiel mir in dem Sinne, daß ich nachher im Garten darüber nachdachte.

— *Jeden Tag auf die gleiche Art?*

— Nein, niemals.

— *Dachten Sie an ein anderes Haus?*

— Nein, ich dachte an das Haus, das da war.

— *Aber ohne sie drinnen?*

— Ohne sie, nein: sie waren da, hinter meinem Rücken, im Haus, ohne sie, nein, ich konnte nicht.

Ich suchte Erklärungen, Erklärungen, an die sie niemals gedacht hätten, sie, hinter meinem Rücken.

— *Erklärungen wofür?*

— Oh, für viele Dinge.

Ich weiß nicht, womit ich bisher mein Leben verbracht habe. Ich habe den Beamten von Cahors geliebt. Das ist alles.

Wer hat ein Interesse daran, daß ich ins Gefängnis komme?

— *Niemand, und alle.*

— Es sieht so aus, als wäre ich beunruhigt, aber das ist mir gleichgültig.

Hat Ihnen mein Mann über den Beamten von Cahors erzählt?

— *Sehr wenig.*

— Er weiß nicht, wie sehr ich ihn geliebt habe. Wie auch immer Sie mich hier sehen, ich war fünfundzwanzig, und ich wurde von diesem Prachtstück geliebt. Ich glaubte an Gott zu diesem Zeitpunkt, und ich ging täglich zur Kommunion. Ich war Angestellte in einem Milchladen. Er lebte mit einer Frau zusammen, und ganz zu Beginn wollte ich nichts von ihm wissen deshalb. Dann verließ er diese Frau. Während zwei Jahren liebten wir uns bis zum Wahnsinn. Ich sage bis zum Wahnsinn. Seinetwegen wandte ich mich ab von Gott. Nach Gott war er alles für mich. Ich hörte nur auf ihn, er war für mich alles, und eines Tages hatte ich Gott nicht mehr, sondern nur noch ihn allein, ihn allein. Und dann, eines Tages, hat er gelogen.

Er hatte sich verspätet. Ich wartete auf ihn. Als er nach Hause kam, hatte er glänzende Augen, er redete, er redete ... Ich schaute ihn an, ich hörte ihn sagen, daß er vom Dienst käme, was er getan hätte, seine Lügen, ich schaute ihn an, er redete immer schneller, und plötzlich hörte er auf zu reden — wir sahen uns an, sahen uns an. Der Himmel stürzte zusammen.

Ich kehrte in den Milchladen zurück. Und drei Jahre später traf ich Pierre Lannes, und er nahm mich mit nach Paris. Ich hatte keine Kinder.

Ich frage mich schon, womit ich seither mein Leben verbracht habe.

— Haben Sie den Beamten von Cahors niemals wiedergesehen?

— Doch, ein Mal, in Paris. Er kam von Cahors, um mich zu besuchen. Er kam zu mir, als mein Mann nicht da war. Er nahm mich mit in ein Hotel in der Nähe der Gare de Lyon.

Wir weinten zusammen im Zimmer. Er wollte mich zurückgewinnen, aber es war zu spät.

— Warum zu spät?

— Um sich zu lieben, wie wir uns geliebt hatten. Wir konnten nur noch weinen. Schließlich riß ich mich aus seinen Armen los, es war notwendig, riß ich mich los von ihm, ich löste seine Arme von meiner Haut, er konnte nicht von mir lassen. Ich kleidete mich im Dunkeln an, und ich floh. Ich floh, ich kam gerade vor der Heimkehr meines Mannes nach Hause.

Es scheint mir, daß ich danach weniger an ihn dachte. In diesem Zimmer an der Gare de Lyon haben wir einander für immer verlassen.

— War Marie-Thérèse Bousquet schon bei Ihnen, als sich das ereignete?

— Nein. Sie kam im Jahr darauf. Mein Mann ging nach Cahors, um sie zu holen. Er brachte sie am 7. März 1945 mit, sie war neunzehn. Es war an einem Sonntagmorgen. Ich sah sie kommen durch die Avenue de la République, ich war im Garten. Von weitem sah sie aus wie alle. Von nahem sprach sie nicht. Aber sie verstand, wenn sie auf den Mund sah. Man konnte sie nie rufen, man mußte zu ihr hingehen, sie an der Schulter berühren.

Das Haus war sehr ruhig, vor allem an Winterabenden, nach Schulschluß. Um sieben Uhr abends begann man die Küchengerüche zu riechen, so war es. Sie gab immer zuviel Fett in die Gerichte, und die Gerüche gingen überallhin, es war unmöglich, sie nicht zu riechen.

Im Winter konnte ich nicht in den Garten gehen.

Haben Sie Leute aus Viorne über das Verbrechen befragt?

— *Ja. Auch Robert Lamy.*

— Glücklicherweise gab es ihn.

Was haben Ihnen die Leute erzählt?

— *Sie sagen, daß sie nicht verstünden.*

— Im Polizeiauto habe ich vergessen, Viorne zum letzten Mal anzusehen. Man denkt nicht daran. Was ich vor mir sehe, ist der Platz, nachts, Alfonso kommt langsam daher, er raucht, er lächelt mir zu.

— *Die Leute sagen, Sie hätten alles gehabt, um glücklich zu sein.*

— Ich hatte alle Zeit für mich, das Gehalt meines Mannes reicht sehr wohl aus, und meinerseits habe ich Einkünfte von einem Haus in Cahors, haben sie es Ihnen gesagt?

— *Ja. Andere Leute wiederum sagen, daß sie es erwartet hätten.*

— Sieh an.

— *Sind Sie in diesem Augenblick unglücklich?*

— Nein. Ich bin fast glücklich, ich bin ganz nahe am Glücklichsein. Wenn ich diesen Garten hätte, würde ich ins vollkommene Glück stürzen, aber man wird ihn mir niemals zurückgeben, und ich ziehe es jetzt vor, ich ziehe es vor, traurig zu sein, ohne meinen Garten, weil man jetzt mißtrauisch sein und mich bewachen muß.

Wenn ich meinen Garten hätte, nein, das wäre nicht möglich, es wäre zu viel.

Also was sagen sie?

— *Daß Sie alles hatten, um glücklich zu sein.*

— Das ist wahr.

In diesem Garten dachte ich an das Glück. Ich weiß überhaupt nicht mehr, was ich dachte auf dieser Bank. Jetzt, da alles vorüber ist, verstehe ich nicht mehr, was ich dachte.

Hat Robert gesagt, daß ich alles gehabt hätte, um glücklich zu sein?

— *Nein. Er hat gesagt: "Die Dinge hätten sich vielleicht anders abgespielt, wenn Claire ein anderes Leben geführt hätte."*

— Hat er nicht gesagt, was für eines?

— *Nein.*

— Also kann er geradesogut schweigen.

Und Alfonso? Was hat er gesagt?

— *Ich habe Alfonso nicht gesehen. Aber dem Richter hat er fast nichts gesagt. Er schien keine genauen Vorstellungen zu haben über Sie.*

— Alfonso hat nichts gesagt, aber er muß gewußt haben, was er von dem Verbrechen halten sollte.

— *Sprach er mit Ihnen darüber?*

— Nein, wo denken Sie hin, nein, was sollte man sich sagen? Nein, aber wissen Sie, nach zweiundzwanzig Jahren, wenn Alfonso die ganze Zeit da ist, und wenn man miteinander spricht, um sich immer die gleichen Dinge zu sagen, "Guten Tag Guten Abend", da kommt eins zum andern.

Ansonsten, nachts, in Viorne, irgendeinmal.

— *Warum sagen Sie: "Jetzt, da alles vorüber ist"? Glauben Sie das?*

— Was soll anfangen? Also ist es vorüber.

Für sie, die tot ist, ist es vorüber. Für mich, die das gemacht hat, auch.

Für das Haus ist es vorüber. Das hat zweiundzwanzig Jahre gedauert, aber jetzt ist es wirklich vorbei.

Es gibt einen einzigen sehr sehr langen Tag — Tag — Nacht — Tag — Nacht und dann plötzlich das Verbrechen.

Man erinnert sich an den Winter, wenn einem der Garten weggenommen wird, sonst ist alles gleich. Ich glaube schon, daß ich auf dieser Bank an alles dachte.

Ich las die Zeitung und dann nachher, auf der Bank, dachte ich darüber nach, was ich gelesen hatte. Manchmal auch über politische Probleme. Leute gingen vorbei, und ich dachte über sie nach. Ich dachte auch über Marie-Thérèse nach, und wie sie es anstellte. Ich tat mir Wachs in die Ohren. Das geschah nicht häufig, vielleicht etwa zehn Mal, das ist alles. Hat mein Mann gesagt, daß er das Haus verkaufen werde?

— Ich weiß nicht.

— Oh, er wird es verkaufen. Und die Möbel auch, was soll er damit anfangen, jetzt? Er wird sie auf der Straße versteigern lassen. Alles wird draußen stehen. Die Leute aus Viorne werden kommen, um die Betten auf der Straße zu sehen. Jetzt ist es mir gleichgültig, was sie denken werden, wenn sie den Staub sehen und die Tische voller Fett und das schmutzige Geschirr. Es wird notwendig sein.

Vielleicht wird er Mühe haben, das Haus zu verkaufen, angesichts des Verbrechens, das sich darin abgespielt hat. Vielleicht wird er es zum Bodenpreis verkaufen. Er sagte mir, daß das Bauland jetzt in Viorne um die sieben Francs pro Quadratmeter wert ist; mit dem Garten macht das ein schönes Stück Geld.

Was wird er mit dem Geld machen?

— Und Sie, glauben Sie nicht, daß Sie alles hatten, um glücklich zu sein?

— Für die Leute, die es sagen und die es glauben, glaube ich es, ja, ich glaube, ich hatte alles, um glücklich zu sein. In einem anderen Sinn, für andere Leute, nein.

— Welche Leute?

— Sie.

— Aber wenn ich es denke, täusche ich mich auch Ihrer Meinung nach?

— Ja. Wenn man bedenkt, was mit dem Beamten von Cahors war, kann man sagen: daneben existiert nichts. Aber das ist falsch. Ich bin niemals getrennt gewesen vom Glück von Cahors, es hat auf mein ganzes Leben übergegriffen. Es war nicht ein Glück von einigen Jahren, glauben Sie das nicht, es war ein Glück, das dafür geschaffen war, immer zu dauern. Wenn ich schlafe, dauert es noch fort, ich sehe ihn, wie er mir zulächelt hinter der Hecke, wenn er von der Arbeit heimkommt. Ich habe mir immer vorgestellt, das jemandem zu erklären, aber mit wem sollte ich über diesen Mann sprechen? Jetzt ist es zu spät, zu weit weg, zu spät.

Ich hätte Briefe schreiben können über ihn, aber wem?

— Ihm?

— Nein, er hätte nicht verstanden.

Nein, ich hätte sie irgendjemandem schicken sollen. Aber irgendjemand ist nicht leicht zu finden.

Das ist es jedoch, was ich hätte tun sollen: sie jemandem schicken, der weder ihn noch mich gekannt hätte, damit es völlig verstanden worden wäre.

— Der Zeitung vielleicht?

— Nein. Ich schrieb der Zeitung zwei oder drei Male aus verschiedenen Gründen, aber nie aus einem so ernsten Grund.

— Gab es etwas zwischen dem Garten und dem Übrigen?

— Es gab den Augenblick, da man anfing, die Gerüche der Küche zu riechen. Man wußte, daß nur noch eine Stunde war vor dem Abendessen, daß man sehr schnell denken mußte, woran man denken mußte, weil man nur noch eine Stunde vor sich hatte vor Tagesende. So war es.

Im Garten, wissen Sie, mein Herr, hatte ich einen Deckel aus Blei über meinem Kopf. Die Gedanken, die ich hatte, hätten diesen Deckel durchdringen müssen, damit ... damit ich, sagen wir mal, ruhig gewesen wäre, aber es gelang ihnen nur sehr selten. Am häufigsten fielen mir die Gedanken wieder darauf zurück, sie blieben auf dem Deckel liegen, ein Gewimmel, und es war so mühselig, daß ich verschiedene Male daran gedacht habe, mir das Leben zu nehmen, um nicht mehr zu leiden.

— Aber manchmal durchdrangen sie den Deckel aus Blei?

— Manchmal, ja, gingen sie für einige Tage weg. Ich bin nicht verrückt, ich weiß genau, daß sie nirgendwohin gingen. Aber in dem Augenblick, da sie mich durchquerten um wegzufliegen, war ich so ... war das Glück so groß, daß ich an Verrücktheit hätte glauben können. Ich glaubte, daß man mich denken hörte, daß diese Gedanken auf der Straße knallten wie Gewehrschüsse. Die Straße war davon verändert. Manchmal drehten sich die Leute um nach dem Garten, als wären sie gerufen worden. Ich meine, ich hätte es glauben können.

— *Womit hatten diese Gedanken zu tun? mit Ihrem Leben?*

— Mit meinem Leben, dann hätten sie niemanden dazu veranlaßt sich umzudrehen. Nein, sie hatten mit ganz anderen Dingen zu tun als mit mir und meiner Umgebung. Die andern hätten sie haben und gebrauchen können. Ich hatte Gedanken über das Glück, über die Pflanzen im Winter, bestimmte Pflanzen, bestimmte Dinge, die Nahrungsmittel, die Politik, das Wasser, über das Wasser, die kalten Seen, die Seegründe, die Seen auf dem Grund der Seen, über das Wasser, das schluckt, das ergreift, das sich schließt, über diese Sache da, viel, über die Tiere, die unaufhörlich umherkriechen, ohne Hände, über das, was kommt und geht, auch viel, über das Denken an Cahors, wenn ich daran denke und wenn ich nicht daran denke, über das Fernsehen, das sich mit dem Übrigen vermischt, eine Geschichte, die auf einer anderen aufbaut, die auf einer anderen aufbaut, über das Gewimmel, viel, Gewimmel auf Gewimmel, Ergebnis: Gewimmel undsoweiter, über die Mischung und die Scheidung, viel, viel, das Gewimmel, geschieden und nicht, sehen Sie, abgesondert Körnchen für Körnchen, aber auch zusammengehalten, über das Gewimmel Multiplikation, und Division, über die Unordnung und alles, was verloren geht, undsoweiter undsoweiter, was weiß ich.

— *Über Alfonso?*

— Ja, viel, viel, weil er grenzenlos offenherzig ist, freigiebig, die Hütte leer, der Koffer leer und niemand, der sieht, daß er vollkommen ist.

— *Über die Menschen, die getötet haben?*

— Ja, aber ich irrte mich, jetzt weiß ich es. Darüber könnte ich nur mit jemandem sprechen, dem dies auch zugestoßen ist, der mir helfen würde, verstehen Sie. Mit Ihnen nicht.

— Hätten Sie gern gehabt, daß die anderen die Gedanken kennten, die Sie im Garten hatten?

— Ja.

Ich hätte gewünscht, sie davon in Kenntnis zu setzen, damit sie es wüßten, daß ich Antworten hatte für sie. Aber wie? Ich war nicht klug genug für die Einsicht, die ich hatte und dafür, diese Einsicht auszusprechen, ich hätte nicht gekonnt. Pierre Lannes zum Beispiel, er ist zu klug für die Einsicht, die er hat. Ich hätte vollständig einsichtig sein wollen. Daß ich nicht klug genug war für die Einsicht, die ich hatte, während dieser ganzen Zeit, tröstet mich beim Gedanken, eines Tages zu sterben. Es ist mir niemals gelungen. Ich kann mir gut vorstellen, daß es schrecklich sein muß, sehr einsichtig zu sein und zu wissen, daß diese Einsicht dem Tod ausgesetzt ist wie man selbst. Aber trotzdem hätte ich es vorgezogen.

Diese ganze Zeit, diese ganze Zeit für nichts. Jetzt bin ich ruhig, weil ich weiß, es ist zu spät.

— Wann hat das angefangen?

— In den leeren Klassenzimmern, als ich Putzfrau war. Es ist noch warm von den Kindern, ich bin eingeschlossen mit den Zahlen an der Wandtafel, Divisionen sowie Multiplikationen, Multiplikationen sowie Divisionen, und siehe da, ich werde zur Zahl drei, und das war wahr.

— Ihr Mann sagt, daß Sie manchmal glaubten, mit Passanten Gespräche zu führen.

— Ah, hat er Ihnen das gesagt. Ich erfand diese Gespräche, wenn es mich überkam. Ich wußte genau, daß sie mir nicht glaubten, keiner von beiden. Ich mochte es, wenn sie mich von Zeit zu Zeit für verrückt hielten, ihnen ein wenig Angst machen. Danach hatte ich noch mehr meine Ruhe.

Aber manchmal fanden diese Gespräche wirklich statt, aber nicht so, wie ich ihnen erzählte, niemals.

— *Kommen wir auf das Verbrechen zurück. Ist es Ihnen recht?*

— Über diesen Zeitabschnitt weiß ich fast nichts. Man muß Sie gewarnt haben.

— *Warum haben Sie das getan?*

— Wovon sprechen Sie?

— *Warum haben Sie sie getötet?*

— Wenn ich es hätte sagen können, wäre Schluß mit den Befragungen, Sie wären nicht hier, um mich zu befragen. Das Übrige weiß ich.

— *Das Übrige?*

— Ja. Wenn ich sie in Stücke geschnitten und diese Stücke auf den Zug geworfen habe, dann deshalb, weil es eine Möglichkeit war, sie verschwinden zu lassen, versetzen Sie sich in meine Lage, was tun?

Im übrigen sagt man, daß es nicht schlecht ausgedacht war.

Ich wollte mich von der Polizei nicht erwischen lassen, bevor ich erwischt wurde, und ich habe sie verschwinden lassen wie eine Person, die ihre Sinne beisammen hat.

Sie können sich nicht vorstellen, wie ermüdend es war, dieses Gemetzel nachts im Keller, niemals, niemals hätte ich es geglaubt. Wenn man Ihnen sagt, ich hätte dem Verbrechen noch ein Verbrechen hinzugefügt, indem ich das machte, was ich im Keller machte, sagen Sie, das sei nicht wahr.

— *Wissen Sie nicht, warum Sie sie getötet haben?*

— Das würde ich nicht sagen.

— *Was würden Sie sagen?*

— Das hängt von der Frage ab, die man mir stellt.

— *Hat man Ihnen nie die richtige Frage über dieses Verbrechen gestellt?*

— Nein. Ich sage die Wahrheit. Wenn man mir die richtige Frage gestellt hätte, hätte ich die Antwort herausgefunden. Diese Frage kann ich nicht finden, auch ich nicht.

— *Könnte jemand anderer Ihrer Meinung nach diese Frage beantworten: warum haben Sie sie getötet?*

— Niemand. Höchstens am Ende vielleicht.

— *Suchen Sie selbst nicht nach dieser richtigen Frage?*

— Doch, aber ich habe sie nicht gefunden. Ich bemühe mich nicht sehr darum. Es hat mir zu sehr weh getan, es zu machen, als daß ich daran denken könnte.

Sie haben mich an Fragen vorbeidefilieren lassen, und ich habe beim Vorübergehen keine wiedererkannt.

— *Keine?* ...

— Keine. Sie fragen: Fiel sie Ihnen auf die Nerven, weil sie taubstumm war? oder: Waren Sie eifersüchtig auf Ihren Mann? auf seine Jugendlichkeit? oder: Langweilten Sie sich? oder: Belastete Sie die Organisation des Haushaltes?

Sie haben wenigstens nichts dergleichen gefragt.

— *Was ist an diesen Fragen falsch?*

— Sie sind voneinander getrennt.

— *Die richtige Frage würde alle diese Fragen enthalten und noch weitere?*

— Vielleicht. Wie soll ich das wissen? Aber Sie, interessiert es Sie zu wissen, warum ich das getan habe?

— *Ja. Sie interessieren mich. Also interessiert mich alles, was Sie tun.*

Ja, aber wenn ich dieses Verbrechen nicht begangen hätte, würde ich Sie überhaupt nicht interessieren. Ich wäre noch dort, in meinem Garten und würde schweigen. Manchmal war mein Mund wie der Zement der Bank.

— *Was wäre Ihrer Meinung nach ein Beispiel einer richtigen Frage? Nicht unter jenen, die ich Ihnen stellen könnte, nein, bestimmt nicht. Sondern unter denen, die Sie mir zum Beispiel stellen könnten?*

— Ihnen stellen wozu?

— *Zum Beispiel um zu erfahren, warum ich Sie befrage? Wie Sie mich interessieren? Wie ich bin?*

— Ich weiß, wie ich Sie interessiere. Wie Sie sind, das weiß ich schon ein wenig.

Was das übrige betrifft, mit Alfonso machte ich es jeweils so. Wenn er vorbeikam, um mit Pierre über die Arbeit oder über irgendetwas zu reden, ging ich in den Korridor oder hinter die Türe und hörte ihm zu. Mit Ihnen müßte es gleich sein.

— *Ich müßte weit entfernt von Ihnen sprechen?*

— Ja, mit jemand anderem.

— *Ohne zu wissen, daß Sie zuhören?*

— Ohne es zu wissen. Das müßte sich so ereignen, einfach so, zufällig.

— *Hört man besser hinter den Türen?*

— Alles. Das ist etwas Wunderbares. Auf diese Weise habe ich Alfonso gesehen, bis in sein Innerstes, wo nicht einmal er hin sieht.

Wenn Pierre mich hinter der Türe fand, sagte er, ich solle zurück in den Garten und zwar schleunigst. Was für ein Leben.

— *Was für eine Stimme hatte Pierre hinter der Türe?*

— Er, dieselbe, die er davor hatte.

Hören Sie, ich kann es nicht besser sagen: wenn Sie, wenn Sie die richtige Frage finden, ich schwöre, daß ich Ihnen antworte.

Was wird gesagt über die Gründe, die ich hatte, sie zu töten?

— *Man stellt Vermutungen an.*

— Wie der Richter mit seinen Fragen.

— *Das Wort: "Warum?", ist es besser?*

— "Warum?" Ja. Wir können dabei bleiben.

— *Also frage ich Sie: warum?*

— Das ist wahr. Warum.

Aber dieses Wort führt mich zu Ihnen, zu den Fragen.

— *Und wenn es einen Grund gibt, den man aber nicht kennt, einen unbekannten Grund.*

— Wem unbekannt in diesem Moment?

— *Allen. Ihnen. Mir.*

— Wo ist dieser unbekannte Grund?

— *In Ihnen?*

— Warum? Warum nicht in ihr, oder im Haus, im Messer? oder im Tod? ja, im Tod.

Ist Verrücktheit ein Grund?

— *Vielleicht.*

— Nach vielem Herumsuchen ohne etwas zu finden, wird man sagen, es sei Verrücktheit, ich weiß es.

Und wenn auch. Wenn es Verrücktheit ist, was ich habe, wenn meine Krankheit die Verrücktheit ist, bin ich nicht traurig.

— *Denken Sie nicht daran.*

— Ich denke nicht daran. Sie denken daran. Ich weiß, wenn die Leute denken, ich sei verrückt, ich höre es am Klang der Stimme.

— *Was machten Sie im Haus?*

— Nichts. Die Einkäufe alle zwei Tage. Das ist alles.

— *Aber Sie waren mit etwas beschäftigt?*

— Nein.

— *Aber wie ging die Zeit vorüber?*

— Sehr schnell, mit hundert Stundenkilometern, wie ein Sturzbach.

— *Ihr Mann hat gesagt, daß Sie jeden Tag Ihr Zimmer aufräumten.*

— Für mich, ich räumte mein Zimmer auf, ich wusch mich, ich wusch meine Wäsche und mich. So war ich immer bereit, verstehen Sie, das Zimmer auch. Gewaschen und frisiert, das Bett gemacht. Also konnte ich in den Garten gehen, ohne eine Spur zu hinterlassen.

Doch, ich bin trotzdem ein wenig traurig darüber verrückt zu sein. Wenn die anderen Frauen verrückt sind, was soll aus mir werden inmitten von ihnen?

— *Wenn Ihr Zimmer einmal aufgeräumt war, Sie gewaschen waren, wozu waren Sie dann bereit?*

— Zu nichts. Ich war bereit. Wenn Ereignisse hätten geschehen müssen, war ich bereit, das ist es. Wenn jemand mich geholt hätte, wenn ich verschwunden wäre, wenn ich niemals zurückgekehrt wäre, niemals, hätte man nichts gefunden hinter mir, keine besondere Spur, nichts außer den reinen Spuren. Das ist es.

— *Woran denken Sie?*

— Ich denke an den Garten. Es ist weit weg. Es ist angenehm. Es ist zu Ende. Und Alfonso, der weiterhin Holz fällt, während doch alles zu Ende ist. Und Pierre, der ins Büro geht. Ich glaube auch, daß Alfonso, daß auch er das Zeug dazu hatte, klug zu sein, und daß er es nicht war, ich werde niemals wissen warum, wie bei mir. Wir zwei gehörten zusammen, in diesem Fall, Alfonso und ich.

Über Pierre Lannes denke ich das nicht.

All das, was ich Ihnen erzähle, ist es Ihrer Meinung nach die Wahrheit?

— *Ich glaube, es ist die Wahrheit.*

— Also sehen Sie. Auch ich glaube, daß es die Wahrheit ist. Ich habe niemals soviel gesprochen, und ich sage die Wahrheit. Ich hätte es ebensogut vorher tun können, vielleicht, wenn sich eine Gelegenheit geboten hätte.

Ich könnte, wenn ich wollte, reden ohne aufzuhören, ein ganzes Jahr lang. Und ebensogut könnte ich sofort aufhören, den Schlüssel einmal umdrehen, und dann ist es zu Ende für immer. Jetzt ist es gleich: ich rede mit Ihnen, und gleichzeitig rede ich nicht mit Ihnen. Der Kopf ist immer gleich voll. Es bleibt immer etwas da drin. Was wollen Sie, es ist seltsam, so zu sein wie wir. Habe ich über das Haus gesprochen?

Es gab zwei Zimmer im ersten Stockwerk und im Erdgeschoss das Esszimmer und das Zimmer von Marie-Thérèse.

— *Hatten Sie geschlafen, bevor Sie in Ihr Zimmer hinunter gingen?*

— Da ich ja kein Licht machen mußte — muß es schon hell gewesen sein. Also muß ich geschlafen haben.

Ich wachte oft am frühen Morgen auf, unmöglich, wieder einzuschlafen — dann trieb ich mich im Haus herum, immer im Erdgeschoss — so war es.

Zwischen dem Esszimmer und dem Korridor war Sonnenlicht.

— ... *Ihre Zimmertüre stand offen, und Sie sahen sie, auf der Seite schlafend, sie wandte Ihnen den Rücken zu.*

— Ja. Immer.

— *Sie gingen in die Küche, um ein Glas Wasser zu trinken. Sie blickten um sich.*

— Ja. Auf dem Grund der Teller sehe ich die Zeichnung der Teller, die wir in Cahors drei Tage vor der Hochzeit gekauft haben, im Bazar de L'Etoile im Jahre 1942. Es fängt wieder an. Ich weiß, daß ich gleich wieder fortgerissen sein werde, in die Gedanken an die Teller, auf diese Dinge zu. Also da, mir reicht es, verstehen Sie. Ich will, daß jemand kommt und mich mitnimmt. Ich wünsche drei oder vier Mauern, eine Eisentür, ein Eisenbett und ein Fenster mit Gittern und Claire Lannes darin eingeschlossen. Also öffne ich das Fenster, und ich zerschlage die Teller, damit ich gehört werde und damit jemand kommt, um mich zu erlösen. Aber plötzlich steht sie da, im Durchzug, sie sieht mir zu, wie ich die Teller zerschlage, sie lächelt, sie läuft, um es Pierre zu berichten, Sie berichtete Pierre alles. Pierre kam. Los, ab in den Garten.

Schließlich fand ich Geschmack am Garten.

— *Wann war das?*

— Die zerschlagenen Teller, das war vor drei oder fünf

Jahren.

— *Wie konnte Ihr Mann Ihnen glauben, als Sie ihm sagten, Marie-Thérèse sei nach Cahors gefahren?*

— Oh, lassen Sie mich in Ruhe.

Was wollen Sie wissen?

— *Was haben Sie Ihrem Mann gesagt, als er aufstand?*

— Ich sagte, was Sie soeben gesagt haben.

— *Hat Ihr Mann die Wahrheit gesagt?*

— Mein Mann glaubte mir nicht. Niemand fragte mich nach ihr, nicht einmal Alfonso.

— *Hat Ihnen Ihr Mann keine einzige Frage gestellt?*

— Keine, das ist der Beweis, daß er mir nicht glaubte, das ist nicht wahr.

— *Was hat er dann geglaubt?*

— Was nützt es Ihnen, es zu wissen? Ich weiß es nicht.

— *Und Alfonso, hat er es erraten, was meinen Sie?*

— Ja. Als ich ihn bat, den Fernsehapparat in den Brunnen zu werfen, da sah ich genau, er hatte es erraten.

Was sagt er?

— *Er sagt, Sie hätten ihn niemals gebeten, den Fernsehapparat in den Brunnen zu werfen.*

— Ich glaube nicht, was Sie sagen. Entweder lügen sie alle, oder dann lügen Sie.

— *Ich verwechsle es.*

— Gut. Weil er nicht spricht, Alfonso, aber "ja" und "nein" kann er sagen. Vielleicht wird ein Tag kommen, wie für mich, plötzlich. Er singt manchmal *La Traviata*, wenn er heimgeht, ich bat ihn einmal darum. Sonst fällt er die ganze Zeit Holz, wie langweilig. Es ist lange her, vor zwölf Jahren, hoffte ich, daß er mich liebt, Alfonso, daß er mich mitnimmt in den Wald, um mit ihm zu leben, aber zu dieser Liebe wird es niemals kommen. Einmal wartete ich eine ganze Nacht lang auf ihn, ich hörte auf alle Geräusche, wir hätten die Liebe wiederaufgenommen, Cahors, zusammen, aber er ist nicht gekommen.

Sie alle werden Ihnen sagen, daß ich jetzt verrückt bin, wie sie es selber wären, wenn sie es wären. Sollen sie doch sagen, was sie wollen, sie sind auf der anderen Seite, sie reden irgendetwas, sie schwatzen ohne zu denken, ohne zu überlegen.

Wenn sie wüßten, was im Keller geschehen ist. Wenn sie auch nur eine Minute im Keller gewesen wären, würden sie schweigen, sie könnten nicht ein einziges Wort über diese Geschichte sagen.

— *Waren Sie vor dem Verbrechen auf ihrer Seite?*

— Nein, niemals, ich war nie auf ihrer Seite. Wenn es mir einfiel, mich zu ihnen zu begeben, zum Beispiel wenn ich Einkäufe machte — jeden zweiten Tag machte ich die Einkäufe, Sie werden ja nicht glauben, daß ich überhaupt nichts mehr machte — dann blieb mir nichts anderes übrig, als ihnen Guten Tag zu sagen und mit ihnen zu reden, aber nur das Minimum. Danach hörte ich eine Stunde lang ihre schrillen theatralischen Stimmen widerhallen.

— *Gingen Sie ins Theater?*

— Manchmal nahm er mich mit, als wir in Paris wohnten.

La Traviata, das war in Cahors mit dem Beamten.

— *War Alfonso nicht auf der anderen Seite?*

— Nein, Alfonso war auf meiner Seite, auch wenn er es nicht wußte.

Der Beamte von Cahors auch, er war voll und ganz auf

meiner Seite.

— *Wissen Sie nicht, was aus ihm geworden ist?*

— Er ist immer noch in Cahors, eingeschlossen in diese Stadt und führt das Leben, das er mag, auf der einen Seite, auf der anderen.

— *Ihr Mann, war er "auf der anderen Seite"?*

— Ja und nein. Ich glaube, er war dafür geschaffen, aber unseretwegen war er es nie völlig. Ohne uns hätte er sie zum Essen eingeladen, ich bin überzeugt, er hätte gesprochen wie sie. Guten Tag, wie geht es Ihnen? Und die Kinder? werden größer? Wenn es nicht geht, muß man halt machen, daß es geht. Manchmal ging er zu ihnen. Aber er ist immer wieder zurückgekommen in sein warmes Haus voller Fett, immer, auch nach mehreren Tagen mit den andern kam er zu uns zurück. Bedenken Sie, daß wir nicht einmal davon sprachen, diese Leute einzuladen. Er wußte, daß er sie nicht mitbringen konnte mit der Frau, die er hatte auf der einen Seite, und der Taubstummen auf der anderen. Er war eingeklemmt. Er wußte es sehr wohl. Im Grunde genommen war auch er auf der anderen Seite, auch er ...

Ja, aber sehen Sie, mit uns beiden, er hatte die Gewohnheiten der beiden Frauen angenommen, die in den Korridoren umhergehen, ohne ein Wort zu sagen, die sich lautlos im Garten aufhalten.

Einmal, als ich zurückkam von einem Hotel in der Nähe der Gare de Lyon, wo ich ein Stelldichein gehabt hatte mit dem Beamten von Cahors, ein letztes Mal, und ich war so schnell wie möglich heimgekommen, damit er nichts errate, da sah ich ihn kommen mit seiner Krawatte, seiner Brille, wie wenn nichts wäre, er kam zu mir, und ich weinte noch, ich konnte nicht aufhören, heiße Tränen strömten von alleine, als ich ihn an diesem Tag heimkommen sah mit seiner Krawatte, seiner Brille, seinem weißen Hemdkragen, seiner Miene, die mir sagte, ohne daß er es aussprach: "Geh, wein anderswo, Kleine, wenn dir danach ist", an diesem Tag habe ich begriffen, daß er auf der anderen Seite war: schon an diesem Tag.

— Marie-Thérèse Bousquet, war sie "auf der anderen Seite"?

— Nein, wegen ihrer Behinderung war sie es nicht, aber wenn sie normal gewesen wäre, wäre sie die Königin gewesen auf der anderen Seite. Merken Sie sich gut, was ich soeben gesagt habe: die Königin. Sie verschlang die anderen mit den Blicken, wenn sie vorübergingen auf dem Gehsteig, auf dem Weg zur Messe. Sie lächelten ihr zu, also sehen Sie. Mir hat niemals irgendjemand zugelächelt, davor haben sie sich immer gehütet.

Sie war taubstumm, eine ungeheure Fleischmasse, stumm, aber manchmal brachen Schreie aus ihrem Körper hervor, sie kamen nicht aus ihrer Kehle sondern aus ihrer Brust.

Im Keller trug ich eine schwarze Brille, und ich löschte das Licht, also war ich nicht verrückt, weil ich sie nicht sehen wollte und weil ich das tat, was ich tun mußte, um sie nicht zu sehen: ich habe das Licht gelöscht und die Brille aufgesetzt. Ich hatte sie zur Genüge gesehen seit hundert Jahren.

Sie haben gehört, was ich soeben gesagt habe. Ich spreche nicht mehr so wie vorhin. Ich mache keinen Unterschied mehr zwischen den Sätzen. Ich habe mir zugehört.

Stört Sie das?

— *Nein.*

— Ich rede taktlos, und ich springe von einem Thema zum anderen. Glauben Sie ja nicht, daß ich nicht weiß, wenn mir das passiert.

Ich höre auf zu reden für immer. So.

— *Auf einer Kellerwand fand man Alfonsos Name, von Ihnen geschrieben mit einem Stück Kohle. Erinnern Sie sich, ihn geschrieben zu haben?*

— Nein.

Vielleicht wollte ich ihn rufen, damit er mir zu Hilfe kommt? Und weil ich nicht schreien konnte, das hätte meinen Mann geweckt, schrieb ich halt? Vielleicht. Ich erinnere mich nicht.

Das ist vorgekommen, daß ich schrieb statt zu rufen, obgleich ich wußte, daß es zwecklos war.

— *Wen zum Beispiel?*

— Oh, einen Mann, der nicht zurückkam.

Marie-Thérèse machte es, also ist es vielleicht ihr Einfluß.

— *Auf der anderen Wand stand das Wort Cahors.*

— Das ist möglich. Ich erinnere mich nicht mehr. Ich habe so viele Dinge gemacht in diesem Keller.

Wie ist das möglich, sagen Sie mir?

— *Können Sie nicht über diesen Keller sprechen, oder wollen Sie nicht?*

— Ich will nicht.

Ich kann nicht.

Im übrigen erklärt der Keller nichts. Es waren nur riesige Anstrengungen, Versuche, mich von dieser Metzelei zu befreien. Es war nichts weiter als diese Anstrengungen, aber es war zum Sterben, zum Heulen. Einmal muß ich ohnmächtig geworden sein, ich kam wieder zu mir, ich mußte auf dem Fußboden eingeschlafen sein, dort, ich war sicher. Ich kann nicht, ich will nicht. Ich werde sterben mit den Erinnerungen an den Keller. Was da geschehen ist, ich werde es in mein Grab mitnehmen. Wenn die anderen denken, ich sei ein verabscheuenswertes Wesen und wenn mich ganz Viorne bespuckt, dann geht es immer darum, das Gleichgewicht wiederherzustellen mit dem Keller.

— *Die Einwohner von Viorne scheinen wichtiger zu sein für Sie, als Sie zugeben.*

— Das ist das Wesentliche, Viorne, da habe ich den größten Teil der Zeit gelebt, mitten in Viorne, exakt in der Mitte, und zwar Tag für Tag. Und eines schönen Tages ist das Verbrechen da. Ich errate, was sie denken, es ist so einfach, es ist klar, klar. Das Verbrechen ist da. Ich sehe sie, wie sie die Augen schließen, sie strecken die Köpfe aus den Fenstern, oder sie stehen vor der Haustüre, und sie sagen mit ihren theatralischen Stimmen: "Alles was recht ist, aber sie hat übertrieben."

— *Waren Sie bereit, nach Cahors zu fahren?*

— Ja, ich schwöre es. Ich spreche mit Ihnen, weil Sie nichts wissen und weil Sie wirklich alles erfahren wollen, währenddem mein Mann glaubte zu wissen, mit ihm zu sprechen, war verlorene Zeit. Ja, ich wollte nach Cahors gehen. Ich sagte mir, daß ich Zeit hätte, für einige Tage nach Cahors zu gehen, zwischen dem Moment, da sie entdecken würden, daß das Verbrechen in Viorne geschehen war und dem Moment, da sie entdecken würden, daß ich es begangen hatte.

Ich wäre ins Hotel Crystal gegangen.

— *Warum sind Sie nicht gegangen?*

— Sie wissen es, warum fragen Sie mich?

— *War es wegen dem, was Ihr Mann erzählte?*

— Er war so lächerlich, und er merkte es nicht.

— *Gibt es noch einen Grund?*

— Ja, ich glaube.

Es interessierte mich, und ich habe die Zeit vergessen.

Es war das erste Mal, daß er über sie so zutreffend sprach.

So ist es doch?

— *Sprach er über sie?*

— Ja, er sagte sogar ihren Namen: Marie-Thérèse Bousquet.

Auf einen Schlag fehlte also fast nichts mehr zur Aufklärung des Verbrechens. Allein ich kannte diese Präzisierung. Sie wissen wohl, man kann nicht anders als es ihnen sagen.

— *Was haben Sie ihnen gesagt?*

— Ich habe ganz leise mit Alfonso gesprochen, und er hat es ihnen gesagt. Alles hat sich sehr natürlich abgespielt. Ich sagte zu Alfonso: "Sag ihnen, daß ich es war, daß ich einverstanden bin." Also trat Alfonso vor, in die Mitte des Cafés und sagte: "Sucht nicht weiter, Claire hat ihre Kusine ermordet, während sie schlief, und nachher hat sie sie verschwinden lassen, wir wissen, auf welche Art." Zuerst war Stille. Dann Schreie.

Dann hat mich der Mann abgeführt.

— *Auch Alfonso sagt, er sei Ihnen manchmal nachts in*

Viorne begegnet.

— Das ist eine andere Sache. Wenn er selbst nachts nicht da gewesen wäre, in Viorne, wäre er mir nicht begegnet.

Seltsam, daß er es gesagt hat.

— *Ich kann Ihnen versichern, es war nicht im schlechten Sinn gemeint.*

— Ich weiß.

Wenn ich nachts in Viorne ausging, dann deshalb, weil ich glaubte, daß sich da Dinge ereigneten und daß ich sie untersuchen mußte.

Ich glaubte, Leute würden in Kellern totgeschlagen. Eines Nachts ist überall Feuer ausgebrochen, zum Glück kam Regen und erstickte es.

— *Wer schlug wen?*

— Die Polizei schlug Fremde in den Kellern von Viorne, oder andere Leute. Sie reisten bei Tagesanbruch zurück.

— *Haben Sie sie gesehen?*

— Nein. Sobald ich kam, hörte es auf.

Aber sehr oft täuschte ich mich, es war still, ruhig, sehr ruhig.

Was habe ich eben gesagt?

— *Sie haben über Alfonso gesprochen.*

— Richtig, Alfonso.

Wird auch er ins Gefängnis kommen?

— *Nein.*

— Ich hätte es geglaubt. Lebt er auch sein Leben wie früher? im Wald?

— *Ich weiß nicht. Hätten Sie gewollt, daß er ins Gefängnis kommt?*

— Das heißt, da ich ja hier bin, gibt es keinen Grund, warum nicht auch er hier sein sollte. Er wußte alles von Anfang an. Aber er wurde nicht verhaftet.

Bedenken Sie, daß wir nicht im gleichen Gefängnis wären, also ist es mir egal.

— *Was hätten Sie in Cahors gemacht?*

— Ich hätte für einige Tage etwas wiederangefangen. In den Straßen, in den Straßen wäre ich spazierengegangen. Ich hätte über Cahors nachgedacht.

— *Aber ihn, den Beamten von Cahors, hätten Sie ihn noch einmal aufgesucht?*

— Vielleicht nicht. Warum, jetzt?

Dann wären sie gekommen, um mich festzunehmen.

— *Wegen des Kopfes ...*

— Fangen Sie nicht wieder an mit dem Kopf ...

— *Ich frage Sie nicht, wo er ist. Ich möchte wissen, was für ein Problem er für Sie darstellte.*

— Was damit anfangen, wohin damit.

— *Aber weshalb der Kopf?*

— Weil es der Kopf war. Einen Kopf wirft man nicht auf einen Zug.

Und der Korb, wohin damit?

Ich habe ein richtiges Begräbnis gemacht für sie. Und ich habe mein Totengebet gebetet. Es ist mir nichts anderes eingefallen, obwohl ich mich wegen des Beamten von Cahors mit Gott entzweit hatte und ich ihn niemals wiedergefunden habe.

Sehen Sie, jetzt habe ich schließlich doch etwas darüber gesagt, und ich wollte doch gar nicht.

— *Ist es in diesem Moment Ihres Verbrechens, da Sie begriffen, daß Sie sie getötet hatten?*

— Haben Sie es erraten?

Ja es war in diesem Moment. Glauben Sie mir?

— *Ja.*

— Zuerst das Mal am Hals — als ich es sah, dieses Mal, begann sie wieder ein wenig aus dem Tod herauszutreten. Dann der Kopf, als ich ihn sah, trat sie ganz und gar aus dem Tod heraus.

Sie müßten auch mir den Kopf abschlagen dafür, was ich gemacht habe. Auge um Auge. An ihrer Stelle würde ich es tun. Der Garten fehlt mir. Im Gefängnishof gibt es kein Gras. Um uns zu bestrafen. Das ist eine gute Idee. Nichts wird meinen Garten ersetzen.

Mein Mann hätte aufpassen sollen. Manchmal fühle ich mich verrückt.

Es war lächerlich, dieses Leben.

— *Sie fühlen sich verrückt?*

— Ja, nachts fühle ich mich verrückt. Ich höre Dinge. Ich glaube, daß Menschen geschlagen werden. Es ist vorgekommen, daß ich das glaubte.

— *Wenn Sie darüber nicht gesprochen haben mit Ihrem Mann, konnte er es nicht erraten?*

— Wenn ich mit ihm darüber gesprochen hätte, hätte er mich, so wie ich ihn kenne, in die Klinik gesteckt. Seine Gedanken sind sehr geordnet. Er sagt: einen Ort für jedes Ding und jedes Ding an seinen Ort. Können Sie sich das vorstellen?

Hören Sie mir zu: in der Nacht des Verbrechens stieß sie ihre Schreie aus, und ich glaubte, sie würde mich am Schlafen hindern. Ich fragte mich, ob Alfonso wohl in der Gegend sei und sich mit ihr vergnügte. Sie verstehen, Alfonso braucht noch Frauen. Ich bin weniger jung als er. Der Altersunterschied bestand immer zwischen uns. Niemals hat er abgenommen. Also fragte ich mich, ob er sich wohl an Marie-Thérèse Bousquet schadlos hielt. Sie ist meine Kusine, sie ist eine Blutsverwandte. Der Nachname war der gleiche, Cahors hinter uns, und wir aßen die gleichen Speisen, unter einem Dach, und sie war taubstumm.

Ich ging hinunter. Alfonso war nicht da.

Jetzt schweige ich dazu.

Ich wußte, daß Alfonso nicht da war. Gewöhnlich geschah es in der Hütte, am Samstagnachmittag, niemals anderswo, niemals nachts. Also?

Wissen Sie, daß sich das Verbrechen nicht sofort ereignet? Nein. Langsam wie ein Tank kommt es angerollt. Und dann steht es still. Da. Es ist da. Soeben ist ein Verbrechen verübt worden in Viorne. Es ist Claire Lannes. Es kann nicht rückgängig gemacht werden. Das Verbrechen ist auf Viorne gestürzt, in dieses Haus, in die Küche dieses Hauses, und die, die es begangen hat, oh ... ist Claire Lannes. Sie wußte von der Existenz dieses Verbrechens und daß es nur an einem Faden hing über Viorne.

So ist es, mein Herr, so. Ich weiß, daß die Leute den Namen Claire Lannes nicht hören wollen und daß sie die Zeitungen lieber nicht lesen, aber sie sind im Unrecht. Wie soll man einen hundert Kilo schweren Körper in einen Zug tragen? Wie einen Knochen zerschneiden ohne Säge? Man sagt: Im Keller war Blut. Aber wie kann man verhindern, Sie und ich, daß da Blut war?

Wenn Untersuchungen im Haus gemacht werden, vergessen Sie nicht zu sagen, daß es niemals günstig gewesen ist, nach welcher Seite die Türen aufgehen — wenn man die Treppe hinunterkommt.

Ich möchte gerne wissen, ob es jedes Mal das gleiche ist für die andern, die gemacht haben, was ich gemacht habe.

— *Ja.*

— Ist das nicht eine Erklärung?

— *Nein.*

— Sehen Sie, ich werde damit nicht fertig. Um so schlimmer. Jetzt bin ich müde. Aber es ist eine Müdigkeit, die mich beruhigt. Vielleicht bin ich sehr nahe daran, verrückt zu sein. Oder tot. Oder lebendig. Wer weiß?

— *Sprechen wir über das Buch, aus dem Sie auf Wunsch Ihres Mannes jeden Abend laut vorlesen mußten, erinnern Sie sich?*

— Ja. Das ist Jahre her. Mein Mann fand, ich sei zu wenig gebildet. Ich mußte ein Geographiebuch lesen. Aber er verlor den Mut. Ich verstand nicht.

Ist das alles wegen diesem Buch?

— *Was verstanden Sie nicht?*

— Ich verstand nicht, warum er wollte, daß ich die Geographie aller Länder kannte. Jeden Tag war ein anderes Land zu studieren, ein Land pro Tag, das Buch hörte nicht mehr auf. Er befahl mir zu lesen, damit ich an Ort und Stelle bliebe, bei ihm, und auch um mich dafür zu bestrafen, daß ich an den Beamten von Cahors dachte. Aber ich habe doch bestimmte Dinge von dieser Lektüre im Gedächtnis behalten: die Hungersnot in Indien, Tibet und die Stadt Mexico, die auf fünfundvierzig Metern Höhe liegt.

Ist das alles wegen dem Buch?

— Ja. Die Bildergeschichten, die Sie in der Schule klauten, erinnern Sie sich daran?

— Ein ganz klein wenig.

Habe ich Ihnen gesagt, wegen dem Kopf, wohin ich ihn schaffte?

— Nein.

— Gut. Dieses Geheimnis muß ich für mich behalten. Ich habe nur noch dieses, ich rede zuviel.

Man hat mir niemals Fragen gestellt. Mein Weg ging direkt auf das Verbrechen zu. Alle meine Geheimnisse sind in die Luft zerstoben. Ich möchte mein Gesicht verstecken. Wenn ich im Garten wäre, wenn Sie mich wieder in die Freiheit entließen, kämen die Leute von Viorne mich besuchen und mich überwachen, also wäre ich gezwungen wegzugehen. Und wohin gehen? Man muß mich bewachen. Um so schlimmer für diesen Garten, er wird meine Erinnerung bleiben.

Ich bin Insassin der allgemeinen Gefangenenabteilung. Es gibt da andere Frauen, die sagen: "Hast du die Frau aus Viorne gesehen?" und die lachen wegen der Überprüfung der Eisenbahnen. Sie bitten mich, die Überprüfung der Eisenbahnen zu erklären. Ich erkläre sie.

Ein Anwalt hat mich besucht und mir gesagt, ich würde anderswohin kommen, in ein Haus, wo ich vergessen würde, was geschehen ist. Ich habe es nicht geglaubt.

Die anderen Gefangenen sagen, ich sei nicht zurechnungsfähig. Ich höre ihnen zu, wie sie miteinander reden. Aber was wissen sie darüber? Ich betrage mich sehr gut. Man hat es mir gesagt. Ich habe es abgelehnt, meinen Mann ein zweites Mal zu sehen.

Ich weiß, daß Alfonso mich nicht besuchen wird. Ich werde sterben, ohne sie wiedergesehen zu haben, keinen der drei. Und wenn schon.

Das Leben, das ich hatte, schleppte sich dahin, und nichts ereignete sich, wo es doch am Anfang so schön gewesen war mit dem Beamten von Cahors. Nun gut.

Sagen Sie nichts mehr?

Sie gaben mir Papier zum Schreiben und einen Federhalter. Sie sagten mir, ich soll aufschreiben, was mir durch den Kopf geht. Interessiert Sie das nicht?

Ich habe versucht zu schreiben, aber ich habe das erste Wort nicht gefunden, um es auf die Seite zu setzen.

Und immerhin schrieb ich an Zeitungen, früher, oh, sehr oft, sehr lange Briefe. Habe ich es Ihnen gesagt? Sie sind bestimmt nie angekommen.

— In einem dieser Briefe fragten Sie, wie die Englische Minze im Winter aufzubewahren sei.

— Ach ja? Ich aß manchmal welche, um mich zu reinigen. Vielleicht schrieb ich einen Brief um zu erfahren, wie ich es anstellen sollte, daß sie grün blieben, so grün, ich erinnere mich nicht, es ist möglich. Ich schrieb viele Briefe. Dreiundfünfzig Briefe oder zwölf. Wie ich es doch erklären möchte, wie ich es möchte.

Ich war vor dem Verbrechen schlimmer als ein Abwasser. Jetzt je länger je weniger.

Die Überprüfung der Eisenbahnen macht sie lachen. Ich wußte nicht, daß es das gibt. Ich war sicher, daß man mich niemals entdecken würde.

Die Idee mit dem Viadukt hatte ich nicht, ich ging in Richtung Fluß, und ich ging über den Viadukt.

Also, ich habe mir gesagt, niemals, und den Kopf gut vergraben in seinem Versteck, niemals, niemals, Gott weiß, was in den Zügen gefunden wird, mit all dem, was gefunden wird, niemals werden sie mich entdecken. Aber ich habe mich getäuscht. Die Skizze von der Überprüfung der Eisenbahnen war in der Zeitung: Viorne ist im Zentrum, und alle Züge fahren da vorbei, selbst jene, die in sehr entfernte Richtungen gehen. Die Züge müssen über Viorne fahren. Haben Sie das gewußt? Es ist Frankreichs größter Bahnhof, ich lebte in Viorne, und ich wußte es nicht. Der Viadukt war schlecht gewählt.

Aber die anderen wären zu weit weg gewesen, um zu Fuß und nachts hinzugehen. Also?

Außer dem Kopf haben sie alles gefunden, alles gezählt, alles zusammengefügt, nichts fehlte.

Niemals hätte ich geglaubt, daß es möglich wäre.

Sie sagen nichts mehr.

— Jetzt müssen Sie mir sagen, wo der Kopf ist.

— Haben Sie mir alle anderen Fragen gestellt, um bei dieser anzulangen?

— Nein.

— Wenn der Richter Sie gebeten hat, mir diese Frage zu stellen, werden Sie ihm nur sagen müssen, ich hätte nicht geantwortet.

Was werden Sie antworten, Sie, wenn ich Ihnen sage, daß sie mich in die psychiatrische Klinik von Versailles einweisen werden?

— Ich anworte Ihnen: ja.

Ich habe Ihnen geantwortet.

— Also bin ich verrückt? Was antworten Sie, wenn ich Sie frage, ob ich verrückt sei?

— *Ich antworte Ihnen auch: ja.*

— Also sprechen Sie mit einer Verrückten?

— *Ja.*

— Was eine Verrückte sagt, das zählt nicht. Also warum mich fragen, wo der Kopf ist, da es ja nicht zählt, was ich sage. Vielleicht weiß ich nicht mehr, wohin ich ihn gebracht habe; habe ich den genauen Ort vergessen?

— *Selbst ein vager Hinweis würde genügen. Ein Wort. Wald. Böschung.*

— Aber warum?

— *Aus Neugierde.*

— Also gäbe es nur dieses Wort, das inmitten aller anderen zählen würde? Und Sie glauben, ich würde mir dieses Wort entlocken lassen? damit alle anderen und ich mit ihnen in der Klinik lebendig begraben sind?

Nein, nein, Sie werden viel Zeit mit mir verbringen müssen, Sie und die andern, bevor dieses Wort aus mir herauskommt.

Hören Sie?

— *Ja.*

— Es gibt Dinge, die ich Ihnen nicht gesagt habe. Wollen Sie nicht wissen welche?

— *Nein.*

— Na dann.

Wenn ich Ihnen sagte, wo der Kopf ist, würden Sie noch mit mir sprechen?

— *Nein.*

— Ich sehe, Sie sind entmutigt.

— *Ja.*

Wenn es mir gelungen wäre, Ihnen zu sagen, weshalb ich diese dicke taube Frau getötet habe, würden Sie noch mit mir sprechen?

— *Nein, ich glaube nicht.*

— Wollen Sie, daß wir versuchen, noch weiter nachzuforschen? Habe ich Ihnen gesagt, daß sie Pierre wegen jeder Kleinigkeit rief? Aber daß es niemals Streit gab zwischen uns, habe ich es Ihnen gesagt? Das gab es nie. Und warum, erraten Sie es? Weil ich Angst hatte, daß sie mich vorzeitig in die Klinik einweisen.

Was habe ich gesagt, was Sie plötzlich entmutigt hat?

Vielleicht ist es spät. Und die Zeit vorbei?

Das spielt sich immer auf die gleiche Weise ab, ob man ein Verbrechen begangen hat oder nicht.

Das mit den kleinen Bildergeschichten für Kinder schien Ihnen zu gefallen. Es war sehr schön, aber gesetzlich verboten. Glücklicherweise warnte mich Pierre.

— *Was sagte er Ihnen?*

— Ah, Sie leben auf. Er sagte mir, ich weiß nicht mehr was. Er sagte mir, es sei gesetzlich verboten.

— *Was?*

— Sie aus den Schülerpulten zu klauen. Nicht sie zu lesen. Sie zu lesen, hat er uns verboten, Marie-Thérèse und mir.

Manchmal arbeitete ich als Garderobefrau bei den Essen der Gemeinderäte, habe ich es Ihnen gesagt?

Im Erdgeschoß, wenn man die Treppe herunterkam, gab es drei Türen, die erste ist die zum Speisesaal, die zweite die zum Flur und die dritte die zum Sitzungszimmer, sie waren immer offen, in einer Reihe, und alle nach der gleichen Seite, auf der gleichen Seite lasteten sie auf der Mauer, man konnte also glauben, daß sich das Haus nach dieser Seite hin neigte und daß es, daß es vom Fundament weggeruscht war, durch die Neigung fortgerissen, längs der Türen, man mußte sich am Treppengeländer festhalten.

Ich an Ihrer Stelle, ich würde zuhören. Hören Sie mir zu.